Kurzroman

Ein Hinterwäldler zum Verlieben

Poppy J. Anderson

Band 3

1. Auflage August 2014

Covergestaltung: Catrin Sommer rausch-gold.com

Unter Verwendung von © Ruth Black – shutterstock.com

Korrektorat: SW Korrekturen e.U

www.poppyjanderson.de

poppyj.anderson@googlemail.com

Besuchen Sie mich auf Facebook:

www.facebook.com/pages/Poppy-J-Anderson

Klappentext

June badet in Selbstmitleid, als ausgerechnet sie dazu auserkoren wird, sich um ihre verrückte Großtante zu kümmern, die in der Einöde von Texas lebt und nach einem mehr als peinlichen Unfall Hilfe bei der Bewältigung ihres Alltags benötigt. Ihr bleibt nichts anderes übrig, als in den sauren Apfel zu beißen und nach Hailsboro zu fahren, um dort die Kleinstadtlangeweile zu ertragen. Als wäre das nicht schlimm genug, fährt sie an ihrem ersten Tag einem dieser Hinterwäldler in den bereits zerbeulten Truck und erntet dabei die Aufmerksamkeit der ganzen Stadt. Zu allem Unglück schleicht sich ausgerechnet dieser wortkarge Dorftrottel ständig in ihre Gedanken hinein, wenn sie ihrer Arbeit nachgeht. Da ist es kein Wunder, dass die Protagonisten ihrer schnulzigen Historiengeschichten frappierende Ähnlichkeiten mit dem Mann haben, der zwar kaum ein Wort über die Lippen bringt, aber verdammt gut küssen kann.

Prolog

„Bella sah auf das weite Meer vor sich und schloss mit einem verzückten Seufzer die Augen, als sich starke Hände um ihre Mitte schlossen. Verwegen reckte sie sich in die Höhe und presste ihren jungen Busen gegen den starken Unterarm des Mannes, der sie umschlungen hielt. Der Geruch nach salziger Meeresluft und der animalischen Lust, die James verströmte, machte sie schwindelig.

Ihr James. Ihr Geliebter.

Mit klopfendem Herzen drehte sie den Kopf in seine Richtung und schaute in funkelnde Augen, die der unergründlichen Tiefe des Ozeans glichen. Bella erkannte in seinem Blick all das, was sie sich erträumt hatte, als der schurkische Kapitän Harris sie in seiner Festung gefangen gehalten hatte. In all den Nächten, in denen sie in den mondlosen Himmel gestarrt und mit jeder Faser ihres Herzens an James gedacht hatte, war die

Hoffnung in ihr erblüht, dass sie sich eines Tages wiederfinden würden.
„Bella, meine Geliebte, mein Schatz ... meine Frau. Du weißt gar nicht, was es heißt, dich endlich wieder an meiner Seite zu haben."
Bebend schöpfte sie Atem. „Oh, James ..."

„Oh weia!" June verzog angewidert das Gesicht und machte einen übertriebenen Würgelaut. Sie musste lediglich eine weitere Seite schreiben, um endlich den neuesten Roman aus ihrer Feder zu einem Abschluss zu bringen. Dies wäre bereits der zweite Roman, der von der unwiderstehlichen Bella handelte, der Tochter eines englischen Herzogs, und des wilden Piraten James, der die schöne Bella auf sein Schiff entführt hatte und nun mit ihr die größten Abenteuer bestehen musste. Sie war sich noch unsicher, ob der langhaarige James Bella vor seiner versammelten Mannschaft, die aus unverwüstlichen Seebären bestand, küssen oder doch lieber unter Deck tragen sollte, um ihr dort seine Leidenschaft zu beweisen.

Sobald diese Frage geklärt wäre, könnte sie die vermaledeite Datei speichern und ihrer Lektorin schicken, die daraus das Buch mit dem eloquenten Titel *Freibeuter meiner Leidenschaft* machen konnte. Der erste Teil hatte den Titel *Freibeuter meiner Lust* getragen, während der dritte Teil, an dem June in den nächsten Monaten arbeiten sollte, *Freibeuter meiner Liebe* heißen würde. Der erste Band dieser Reihe hatte die erste Auflage gesprengt und sich zigmal verkauft – außerdem hatte er ihre Miete bezahlt.

June war einfach nur froh, dass nicht ihr Name auf dem Buchdeckel stehen würde, sondern der Name einer Autorin, die seit über zwanzig Jahren im Geschäft war und mittlerweile andere Autoren beschäftigte, die ihre Romane schrieben.

Gerade als sich June dafür entschieden hatte, dass James seine Geliebte auf Händen in seine Kajüte tragen sollte, klingelte ihr Telefon. Erleichtert griff sie nach dem Hörer, denn alles war besser, als sich Gedanken um Bella und James zu machen.

Wenn sie sich da mal nicht getäuscht hatte!

1. Kapitel

June Jamison verfluchte nicht nur die Tatsache, dass ihre Eltern bei ihrer Geburt vermutlich bekifft gewesen waren, da sie den mit Abstand idiotischsten Namen der Menschheitsgeschichte besaß, sondern verfluchte auch ihre Großtante Laura, die daran schuld war, dass June gezwungen war, deren alten Ford Mustang durch die Straßen der Kleinstadt Hailsboro in Ost-Texas zu manövrieren und sich auf die Suche nach mit Pistaziencreme gefüllten Macarons zu machen, auf die ihre Großtante, die leidend wie eine Hollywooddiva daheim auf dem Sofa lag, nicht verzichten wollte.

Die mit Pistaziencreme gefüllten Macarons, die sicherlich dazu beitrugen, dass das Sofa ihrer Großtante über kurz oder lang unter ihr zusammenklappen würde, waren jedoch nur die Spitze des Eisberges. June war gerade einmal seit zwölf Stunden in diesem Kaff, in dem noch nicht einmal der Hund begraben war, und war näher an einem Nervenzusammenbruch, als sie es jemals gewesen war. Da sie sich als Schreiberling für diverse Fernsehshows verdingte, in denen beispielsweise ein Haufen hormongeplagter Mittzwanziger in ein Haus eingesperrt wurden und den lieben langen Tag nichts anderes machten, als wild durch die Gegend zu vögeln und sich obskure Tätowierungen verpassen zu lassen, war sie an dem einen oder anderen Nervenzusammenbruch bereits vorbeigeschifft.

Doch ihre Großtante toppte selbst das.

Niemand hatte June gefragt, ob sie die Zeit oder die Lust hätte, Großtante Laura daheim in ihrem texanischen Kuhkaff zu pflegen, nachdem diese einen Autounfall gehabt hatte und nun mit einem verrenkten Hals, einem gebrochenen Handgelenk sowie einer gestauchten Wirbelsäule theatralisch auf der Couch lag und permanent jammerte.

Nein! Junes Mom hatte sie angerufen und über sie verfügt, als wäre sie die mexikanische Haushälterin eines Hollywoodstars! Da weder Junes Mom noch Junes Schwester, die schließlich verheiratet war und sich um ihren herrschsüchtigen Ehemann kümmern musste, große Lust hatten, die verrückte Laura zu pflegen, blieb alles an ihr hängen.

June hätte vor lauter Frust schreien können.

Dabei kannte sie ihre Großtante kaum. Laura war ein typisches Landei, das ihren Heimatort nicht einmal verlassen hätte, wenn hier die Pest ausgebrochen wäre oder ein Atomkraftwerk von einem Schimpansen überwacht würde. Daher kannte June ihre Großtante lediglich von den seltenen Besuchen ihrer Kindheit und Jugend, wenn sie gezwungen gewesen war, der aufregenden Großstadt den Rücken zu kehren, um ins ländliche Texas zu fahren, langweilige Ferien in dieser gottverlassenen Einöde zu verbringen und sich von Mücken zerstechen zu lassen. Da ihr letzter Besuch vierzehn Jahre zurücklag, hatte June momentan auch keine Ahnung, wo diese Bäckerei war, zu der Laura sie geschickt hatte, um ihr Macarons zu besorgen.

Damals mit sechzehn hatte sie ein schreckliches Theater gemacht, als ihre Eltern sie mit nach Texas geschleppt hatten, um zur Beerdigung ihres Großonkels zu fahren. Aus heutiger Sicht wusste June zwar, dass sie ein ruppiger Teenager gewesen war, der wenig Einfühlungsvermögen bewiesen hatte, als ihr Großonkel verstorben war, und sie nur daran gedacht hatte, dass sie das Konzert einer angesagten Rockband verpassen würde, auf das sie sich ein halbes Jahr lang gefreut hatte, doch selbst heute mit dreißig Jahren verstand sie den zickigen Teenie von damals. Wer hatte schon Lust aufs schnöde Dorfleben und auf einen Haufen Dörfler, von denen – nach Junes bisheriger Erfahrung zu schließen – vermutlich einige auf inzestuöse Weise miteinander verwandt waren.

Bei ihrem letzten Besuch hatte sie gleich mehrere Hillbillys kennengelernt, die ziemlich beschränkt gewirkt und denen lediglich ein drittes Auge oder ein elfter Finger gefehlt hatten, um Junes Vermutung zu bestätigen, dass deren Eltern gleichzeitig Geschwister waren.

Sie verzog das Gesicht zu einer Grimasse und mahnte sich selbst zu mehr Höflichkeit. Leider versagte ihr diese Charaktereigenschaft den Dienst, wenn sie frustriert oder einfach nur genervt war. In letzter Zeit war sie leider ziemlich häufig frustriert und genervt gewesen, weshalb sie momentan wenig Verständnis für ihre Großtante oder für den alten Mustang aufbrachte, dessen Kupplung sie um den Verstand zu bringen schien. Eine Großstadtpflanze wie sie, die das U-Bahn-System New Yorks wie ihre Westentasche kannte und mit geschlossenen Augen durch Brooklyn wandern konnte, brauchte kein Auto und hatte kaum Fahrpraxis – erst recht nicht mit einem uralten Auto, das mit einem Schaltgetriebe ausgestattet war.

Nachdem sie seit geschlagenen zehn Minuten die einzige Hauptstraße der Stadt auf und ab gefahren war, um diese Bäckerei ausfindig zu machen, beschloss sie, es zu Fuß zu probieren, und peilte eine Parklücke an, die sich in der prallen Sonne befand. Mit zusammengebissenen Zähnen fuhr June in diese hinein und wurde gute zehn Zentimeter auf ihrem Sitz nach vorne geschleudert, als sie den Motor abwürgte.

Großartig.

June verdrehte die Augen und schaute in den Rückspiegel, während sie stöhnte und sich das dunkelblonde Haar zu einem Zopf band. Ihre Großtante hatte sich natürlich den heißen Sommer aussuchen müssen, um ihre Großnichte nach Hailsboro kommen zu lassen, damit die ihr jeden Wunsch von den Augen ablesen und sich ihr Gejammer anhören durfte. Der

Sommer in Texas war brutal heiß und wurde nur von der anhaltenden Mückenplage übertroffen, an die sich June nur zu gut erinnern konnte. Das alte Haus ihrer Tante war zwar relativ massiv gebaut, verfügte jedoch über keine Klimaanlage. Nicht einmal einen ganzen Tag war June nun hier und hatte bereits das Bedürfnis, sich volllaufen und sich eine Familienportion Dim Sum von Mr. Wongs Lieferdienst bringen zu lassen. Nur besaß dieses Kaff leider keinen Mr. Wongs Lieferdienst.

Um nicht in noch mehr Selbstmitleid zu versinken, schnappte sie sich ihre Tasche, stieg aus dem Auto aus und warf die Tür des alten Mustangs zu, bevor sie anschließend über den Bordstein stöckelte und hoffte, mit ihren brandneuen Schuhen nicht in Kuhmist zu treten. Sie liebte die hochhackigen Sandalen im Metalliclook von Michael Kors, auch wenn sie sich diese von dem Geld geleistet hatte, für das sie sich selbst verkauft hatte.

Seufzend fuhr sie sich über die trockenen Lippen, blieb stehen und kramte in ihrer Ledertasche von Miu Miu nach einem Lippenpflegestift herum, während sie versuchte, nicht daran zu denken, dass sie sowohl die Tasche als auch die Schuhe sowie ihren neuen Computer mit etwas viel Schlimmerem als mit Prostitution verdient hatte.

Für jemanden, der einen erstklassigen Universitätsabschluss vorweisen konnte, hehre Ziele verfolgt und davon geträumt hatte, den bedeutungsvollsten Roman des Jahrzehnts zu schreiben, war es ein herber Schlag, seine Seele für ein Paar Schuhe, eine zugegebenermaßen wunderschöne Designertasche und einen pinkfarbenen Computer verkauft zu haben, auf dem sie höchstwahrscheinlich die nächste Schnulze schreiben würde, die sie in die Hölle brachte.

Einer ihrer Professoren an der Universität war Gideon Forester gewesen. Gideon Forester! Der Mann würde sicherlich einen Herzinfarkt oder zumindest einen Schlaganfall bekommen, wenn er wüsste, dass eine seiner ambitioniertesten Studentinnen ihren Lebensinhalt damit verdiente, Drehbücher für Realityshows oder Kitschromane als Ghostwriter zu verfassen, die anschließend von bereits etablierten Autorinnen veröffentlicht wurden.

Ihr letzter Auftrag war das Drehbuch für eine Fernsehsendung gewesen, die perverserweise als *Realityshow* verkauft worden war, in der ein erzkonservativer Vater von der Ostküste erfahren hatte, dass sein Sohn nicht nur homosexuell war, sondern auch im Begriff stand, einen schwarzen Travestiekünstler zu heiraten. Während June das Drehbuch für diese vermeintlich gesellschaftskritische Sendung geschrieben hatte, die jedoch ihre Einschaltquoten nur aus der Sensationslust durchgeknallter Zuschauer bezog, die darauf hofften, ordentliche Prügeleien zu sehen, war sie permanent betrunken gewesen.

June hatte sich in Grund und Boden geschämt, als sie der Produktionsfirma diesen Müll zugeschickt und gleichzeitig ihren Kater auskuriert hatte. Peinlich berührt hatte sie mit dem Gedanken gespielt, ihr Diplom von der Wand zu nehmen, während das Drehbuch sehr gut angekommen war und tatsächlich den Stoff für das Highlight der Sendung geliefert hatte.

Der einzig positive Nebeneffekt ihrer Arbeit war, dass sie gutes Geld verdiente und sich ab und zu ein paar Luxusartikel wie teure Schuhe oder Handtaschen kaufen konnte, die sie darüber hinwegtrösten sollten, dass sie ihr Potential verkommen ließ.

Gleich nach ihrem Universitätsabschluss hatte sie ihr Manuskript in freudiger Erwartung an alle Literaturagenturen geschickt, die sie hatte ausfindig machen können. Die freudige Erwartung war nach und nach in bittere Enttäuschung umgeschlagen, als die Absagen ins Haus trudelten. Zudem hatte sie ihre Eltern darum bitten müssen, ihre Rechnungen zu begleichen. Ihr Dad, der unter einem Literaturwissenschaftsstudium noch heute eine Mischung aus okkulter Geisterbeschwörung, freizügiger Sexualität und einem Haufen sinnlosen Blablablas verstand, hatte nicht hinter dem Berg gehalten, dass sie lieber eine Banklehre hätte machen sollen, um etwas Handfestes zu haben – einen Job, der ihren Lebensunterhalt sicherte. Ihre Idee, Autorin zu werden und durch ihre Bücher Geld zu verdienen, hatte er als Spinnerei bezeichnet. Glücklicherweise war er nicht Stephen Kings Vater gewesen, überlegte June sarkastisch, denn Filme wie *Shining* und *Misery* gehörten zu den absoluten Lieblingsfilmen ihres Dads.

Die Arbeit in einer Bank hätte June spätestens dann Selbstmord begehen lassen, wenn sie ein für diesen Job angemessenes Kostüm hätte anprobieren müssen, außerdem hatte ihr der Sinn nicht danach gestanden, ein atmender Bankautomat zu sein.

Gerade einmal eine Literaturagentur hatte sich bei ihr gemeldet, die jedoch mehr Interesse an ihrem Schreibstil als an ihren Ideen besessen hatte. Kurz darauf hatte June das erste Skript für eine tägliche Seifenoper geschrieben und war davon ausgegangen, kurze Zeit später das Angebot eines richtigen Verlages zu bekommen, anstatt Folgen einer Fantasy-Serie zu schreiben, die sich dadurch auszeichnete, wenig Handlung zu haben und noch weniger Geld in angemessene Kleidung der Schauspieler zu investieren.

Sieben Jahre später schrieb sie immer noch für zweitklassige Fernsehsendungen, Realityshows oder billige Filme, die es nie in die Kinos schafften, wenn sie nicht gerade als Ghostwriter schnulzige Romane verfasste.

Als Arbeitstier, das tagtäglich viele Stunden am Schreibtisch saß und wie besessen in die Tasten haute, konnte sie zwar davon leben, doch ihrem Ziel, bedeutende Romane zu schreiben und etwas zu bewirken, kam sie damit nicht näher. Ganz im Gegenteil, da June das Gefühl hatte, Jahr für Jahr sich mehr von ihrem Traum zu entfernen. Ihre Agentin war auch keine Hilfe, da sie sie immer wieder mit Schreibaufträgen bombardierte, die vielleicht lukrativ waren, June jedoch nicht wirklich forderten. Da war es doch kein Wunder, dass sie momentan unter einer akuten Schreibblockade litt.

Der Geruch nach zuckrigem Gebäck, der ihr urplötzlich in die Nase stieg und sie daran erinnerte, dass sie lediglich ein mickriges Frühstück im Flieger verdrückt hatte, ließ sie ihre enervierenden Gedanken vergessen und hoffen, dass sie endlich die Bäckerei gefunden hatte, von der ihre Großtante gesprochen hatte.

Ein Blick auf das Schild ließ sie aufseufzen und die Tür zu einer süßen, kleinen Bäckerei aufstoßen, in der es so fantastisch nach Gebäck und Kuchen roch, dass sich June beherrschen musste, sich nicht wie eine rollige Katze über den Fußboden zu wälzen und nach einer Kostprobe zu betteln. Stattdessen nickte sie einer Gruppe älterer Damen freundlich zu, die an zwei kleinen runden Bistrotischen saßen und mit ihrem Schwätzchen in dem Moment aufgehört hatten, als June den Raum betreten hatte.

Sie störte sich nicht daran, sondern peilte eine große gläserne Vitrine an, in der unzählige Leckereien ausgestellt waren und unter denen sich June ganz unmöglich entscheiden konnte. Während sich ihr Magen wie eine Lawine in den Rocky Mountains anhörte, trat eine dunkelhaarige Frau aus einem angrenzenden Raum hinter die Theke und lächelte sie freundlich an.

„Hallo, wie kann ich Ihnen behilflich sein?"

„Ich bin auf der Suche nach Macarons, die mit Pistaziencreme gefüllt sind."

„Da sind Sie hier richtig. Wie viele kann ich Ihnen denn geben?“

June spitzte nachdenklich die Lippen. „Geben Sie mir ruhig fünfzehn.“

„Wird gemacht.“ Die Frau, die anscheinend nur ein paar Jahre älter war als sie, wirkte alles andere als ein Hinterwäldler, sondern trug ein äußerst geschmackvolles Kleid, dem man ansah, dass es eine schöne Stange Geld gekostet haben musste. Auch ihr nächster Satz machte June klar, dass sie in keinster Weise zurückgeblieben war. „Ist das etwa die Tasche aus der neuesten Kollektion von Miu Miu? Die suche ich schon seit Wochen.“

Beinahe hätte June aufgelacht, zwinkerte der Frau nun zu, die eine Platte mit hellgrünen Macarons hervorholte und nach einer Tüte griff.

„Das ist sie“, stimmte sie zu und klopfte auf das helle Leder. „Ich habe sie selbst erst seit ein paar Tagen.“

„Wo haben Sie sie her? Als ich letztens in Houston war, habe ich sie nicht entdecken können und bin beinahe verrückt geworden.“

„Aus New York.“ Entschuldigend zuckte sie mit der Schulter und erntete ein erfreutes Lächeln der Frau, die nun mit einem fröhlichen Pfeifen das Gebäck in die Tüte gab.

„Umso besser. Dann habe ich wenigstens einen guten Grund, meinen Mann mal wieder nach New York zu scheuchen.“ Sie legte den Kopf schief und erklärte freundlich: „Mein Name ist Kate.“

„Ich heiße June“, erwiderte sie erleichtert über die nette Gesprächspartnerin, die sogar eine Designertasche erkannte und normal zu sein schien. Jedenfalls sehr viel normaler als Junes Großtante, die um die siebzig war und nörgelnd auf der Couch lag, während ihr Fernseher vermutlich bald Selbstmord begehen würde, wenn er noch eine einzige Folge Matlock ausstrahlen musste.

„Und was verschlägt Sie ausgerechnet nach Hailsboro, June?“

„Meine Großtante Laura“, antwortete sie, während sie ihr Portemonnaie aus der besagten Tasche holte. „Sie hatte einen Unfall und braucht ein wenig Pflege.“

Plötzlich lief das Gesicht der anderen Frau rot an, als sie erfolglos einen Lachanfall unterdrücken wollte und wie verrückt hustete, um diesen zu tarnen.

June blinzelte verwirrt, während hinter ihr ein kollektives Luftschnappen erfolgte, bevor ein lautstarkes Tuscheln einsetzte.

„Sie hätten Laura nicht erwähnen sollen", flüsterte Kate belustigt über die Theke und reichte ihr die Tüte. „Es kann sein, dass einige der Damen nicht besonders gut auf sie zu sprechen sind."

Ohne zu wissen, wovon die andere Frau sprach, ahnte June, dass sie Recht hatte, da die älteren Damen immer lauter wurden, ohne dass sie sich darum kümmerten, dass June sehr wohl verstand, was sie da von sich gaben.

Sie verdrehte die Augen und öffnete das Portemonnaie. „Was bekommen Sie?"

„Ach." Kate winkte glucksend ab. „Das geht aufs Haus. Grüßen Sie Laura von mir."

Mit einem Nicken verabschiedete sie sich und drehte sich um, um den Ausgang anzupeilen, als ihr mehrere entrüstete Mienen ins Gesicht starrten.

„Sind Sie Lauras Nichte?“

„Ihre *Groß*nichte“, betonte sie lässig und ließ sich nicht von dem feindlichen Ton der Frau mit dem üppigen Doppelkinn und dem nicht zu übersehenden Hexenhaar auf dem großporigen Kinn beeindrucken.

„Wissen Sie, dass Ihre Großtante ein Flittchen ist?“, ereiferte sich die gleiche Dame und spie mit ihren letzten Worten ein wenig Spucke über den hübsch dekorierten Bistrotisch.

Da June aus New York kam, konnte sie das Wort Flittchen wirklich nicht schocken. Anstatt schockiert zu sein, zog sie belustigt eine Augenbraue in die Höhe und konnte ein Kichern nicht unterdrücken. Tante Laura sollte ein Flittchen sein? Vor ihrem inneren Auge formte sich das Bild ihrer übergewichtigen Großtante, die in ihrem rosafarbenen Bademantel, der unattraktiven Halskrause und ihrer Hornbrille lasziv an einer Stange tanzte.

Augenblicklich schauderte sie und konzentrierte sich wieder auf die empörte Dame, deren Doppelkinn heftig wabbelte, als sie laut schnaubte.

„Lachen Sie mich etwa aus? Laura ist eine ... eine ... männermordende Schlampe, jawohl!“

„Alma“, tadelte nun eine andere Frau kopfschüttelnd. „Bitte ...“

„Es stimmt doch, Bessie!“ Die Empörte funkelte June aufgebracht an. „Sie sollten wissen, was Ihre Großtante gemacht hat! Sie hat sich an meinen Mann herangemacht und ihn beinahe umgebracht!“

Ungläubig rundeten sich ihre Augen. Zwar wollte sie nicht wissen, was ihre Großtante gemacht hatte, dennoch krächzte sie verwirrt: „Wie bitte?“

„Alma“, ertönte nun auch die Stimme der sympathischen Kate hinter June. „Wascht bitte eure dreckige Wäsche nicht hier.“

„Laura ist diejenige, die ...“

June räusperte sich laut und verschob den Henkel ihrer Tasche auf ihrer Schulter. „Meine Großtante ist zweiundsiebzig Jahre alt, meine Damen, und ich bin aus New York. Egal, was sie angeblich getan haben soll – mich wird es sicherlich nicht schocken.“

Sie deutete eine Verbeugung an und verschwand eilig aus der Bäckerei, bevor die Damen noch auf die

Idee kämen, sie mit Mistgabeln zu verfolgen oder irgendwo ein brennendes Kreuz aufzustellen. Verdammt! Was zum Teufel hatte Tante Laura bloß angestellt, um den Zorn der geballten Weiblichkeit dieser Hinterwäldler auf sich zu ziehen?

Völlig in Gedanken versunken, stieg sie wieder in den Mustang ein und sehnte sich nach einer Klimaanlage, als ihr ein Schwall brütender Hitze aus dem Inneren entgegenkam. Grollend setzte sie sich auf den Sitz, kurbelte das Fenster hinunter und startete den Motor. Während sie den Rückwärtsgang einlegte, klingelte ihr Handy.

Da es ihre Mom war, nahm June den Anruf an und erklärte aufgebracht, als sie rückwärts aus der Parklücke fuhr: „Vielen Dank, Mom! Dank deines grandiosen Einfalls darf ich mich hier mit Hinterwäldlern rumschlagen! Du kannst dir nicht ...“

Ein heftiger Knall, ein lautes Geräusch sowie ein nicht gerade sanfter Aufprall später sagten ihr, dass sie gerade einem dieser Hinterwäldler ins Auto gefahren war.

2. Kapitel

„Okay, June. Flipp jetzt bloß nicht aus“, flüsterte sie sich selbst zu, während sie sich über die Stirn rieb und das Gesicht verzog, als eine Stelle über ihrer rechten Augenbraue schmerzte und sie daran erinnerte, dass sie mit dem Kopf gegen das Lenkrad geknallt war.

Ein Unfall ... sie konnte es nicht glauben. Da fuhr sie nach Hailsboro, an den Arsch der Welt, und schaffte es innerhalb weniger Stunden einen Unfall zu bauen. Wer konnte schon so viel Glück haben? Verdammt noch mal, sie war New Yorkerin und hatte bislang jede Taxifahrt überstanden, ohne dass irgendein Verrückter sie aus dem Wagen gezerrt oder ihrem Taxifahrer eine Pistole an die Schläfe gehalten hatte, um ein paar Dollar und eine Freifahrt zu erbeuten. Sie war nicht ein einziges Mal in der U-Bahn überfallen worden und war auch nie Zeugin geworden, wie sich ein Obdachloser im Central Park einen runtergeholt hatte. All die urbanen Mythen waren in ihrem Fall bislang Mythen geblieben, doch kaum verließ sie den Staat, bestieg ein

Flugzeug und befand sich in Texas, baute sie einen Autounfall.

„June! June!“

Sie schüttelte sich kurz und sah sich verwirrt nach der Quelle der undeutlichen Stimme um, die frappierende Ähnlichkeit mit der ihrer Mutter hatte. Sobald sie das Handy entdeckte, das in den Fußraum der Beifahrerseite gefallen war, beugte sie sich hinunter und schnitt kurz eine Grimasse, als ein leichter Schmerz ihr in den Kopf stieg.

„Mom“, quäkte sie in den Hörer. „Ich hatte einen Unfall.“

„Einen Unfall?“ Die Stimme ihrer Mutter überschlug sich beinahe. „Was? Was sagst du da? Du hattest einen Unfall?“

„Ja“, keifte June zurück und merkte, dass sie zitterte. „Deinetwegen! Wenn du mich nicht gezwungen hättest, Tante Laura zu pflegen, dann ... dann ...“

„Geht es dir gut?“

„Nein“, erwiderte sie und schöpfte bebend Atem, um nicht in Tränen auszubrechen. „Ich sitze in einem

Auto ohne Klimaanlage, werde von Mücken zerstochen und ... und ...“

Sie unterbrach sich mit einem Schniefen und schaute auf, als die Fahrertür geöffnet wurde und ein Mann seinen Kopf hineinsteckte, um sie fragend zu mustern.

Während die Stimme ihrer Mutter erschreckend hoch in ihr Ohr drang, starrte sie den Fremden an, dessen Gesicht sie kaum erkennen konnte, da er eine ramponierte Baseballkappe trug, an deren Seiten schwarzes Haar hervorquoll. Lediglich ein breites Kinn mit einer tiefen Kerbe in der Mitte war zu sehen, als er nachfragte: „Sind Sie okay?“

Das tiefe Brummen, das er von sich gab, und der breite texanische Akzent hinterließen ein Kribbeln in ihrem Magen. June wusste nicht, ob ihr Kopf wie leergefegt war, weil sie gerade mit der Stirn gegen das Lenkrad geschlagen war oder weil sie noch nie in ihrem Leben eine solch tiefe Stimme gehört hatte. Fakt war jedoch, dass sie noch immer benommen war und wie ein Fisch auf dem Trockenen nach Luft schnappte.

„June! Jetzt rede doch mit mir!“

Sie ignorierte ihre Mutter und murmelte in den Hörer: „Mom, ich rufe dich gleich zurück."

„Aber ..."

Rigoros beendete sie das Gespräch und legte das Handy beiseite, bevor sie sich ein Stückchen aufrichtete und mit leicht hysterischer Stimme fragte: „Sind Sie mir ins Auto gefahren?"

Der Mann gab ein Schnauben von sich und verschränkte die Arme vor einem schmutzigen T-Shirt, das davon zeugte, dass er heute bereits körperlich gearbeitet haben musste. Jetzt konnte June sein Gesicht ein wenig besser erkennen und sah, dass er seine dichten Augenbrauen beinahe zusammengezogen hatte, während dunkle Augen sie finster anstarrten.

Da er nichts sagte, sondern sie weiterhin anblickte, als erwartete er irgendetwas von ihr, runzelte auch June die Stirn und begann wie eine Fünfjährige an ihren Fingernägeln zu kauen, bevor sie unbeherrscht erklärte: „Haben Sie denn nicht gesehen, dass ich aus der Parklücke gefahren bin? Sie hätten doch einfach anhalten können!"

Missmutig schob er das Kinn vor und brummte: „Ist Ihnen etwas passiert?“

„Mein Handy ist mir aus der Hand geflogen und ich habe mir den Kopf angestoßen“, krakeelte sie los. „Außerdem treibt mich meine Großtante in den Wahnsinn, diese Mücken fressen mich bei lebendigem Leib und ich hatte gerade einen Unfall!“

Anscheinend war es seine Taktik, sie durch sein Schweigen wahnsinnig zu machen, schließlich erwiderte er wieder nichts, sondern trat zurück und entfernte sich von der Tür.

June fuhr sich über die Lippen und rief ihm hinterher: „Ich wollte lediglich aus der Parklücke fahren! Wenn Sie nicht so schnell gewesen wären, wäre nichts passiert, Sie Idiot!“

Als keine Antwort kam, stieg sie auf wackeligen Beinen aus dem Auto ihrer Großtante aus und musste bemerken, dass sich eine Menschentraube um die beiden Autos versammelt hatte, die mitten auf der Hauptstraße der Kleinstadt standen. Beinahe wäre sie noch umgeknickt, als sie einen Schritt auf den Mann zu machen wollte, der am hinteren Ende ihres Wagens in die Knie gegangen war und sich den Schaden des Autos anschaute.

Ihr Blick glitt zu seinem Wagen, der hinter dem Mustang stand. Während sie das Tuscheln der Schaulustigen ignorierte, stöckelte sie unsicher auf ihn zu und deutete auf sein Auto – einen bereits zerbeulten alten Pick-up mit einer riesigen Ladefläche, der halbschräg auf der Fahrbahn stand. Obwohl June wusste, dass eigentlich sie die Schuld an dem Unfall trug und nicht sehr fair war, deutete sie erst auf den Mustang und dann auf seinen Truck. „Sehen Sie sich bloß den Mustang meiner Tante an! Wenn Sie schon mit einem solchen Monstrum unterwegs sind, könnten Sie wenigstens so rücksichtsvoll sein und aufpassen, wo Sie herfahren!“

Als er sie gar nicht beachtete, sondern den Kopf nach unten beugte, um sich den zerbeulten Kofferraum ihres Autos anzusehen, blaffte sie weiter. „Können Sie überhaupt etwas von da oben sehen? Auch wenn es nicht so aussieht, aber das hier ist immerhin eine Stadt und keine Kuhweide, also sollten Sie verflucht vorsichtig sein, wen Sie über den Haufen fahren!“

Unerschrocken und zitternd zugleich blieb sie neben ihm stehen und schaute auf den Mann, der in die Knie gegangen war und sie gar nicht zu beachten schien. „Jetzt sagen Sie doch mal was!“

Als Antwort hob er lediglich den Kopf, musterte sie unergründlich aus dunklen Augen und zog anschließend seine Mundwinkel hinunter.

Entweder war er taub oder ein beschränkter Hinterwäldler, entschied June, die verzagt auf das Chaos blickte, das sie angerichtet hatte.

Genervt fragte sie daher: „Verstehen Sie mich überhaupt?“

„Sehr gut“, antwortete er eintönig und richtete sich zu voller Größe auf, was June veranlasste, automatisch einen Schritt zurückzugehen, weil er wie ein Riese neben ihr aufragte. Auf den Schuhen, die sie gerade noch abgöttisch geliebt hatte, wäre sie beinahe ausgerutscht, fing sich jedoch im letzten Moment und schimpfte wie ein Rohrspatz.

„Verdammt, verdammt, verdammt! Haben Sie mich wirklich nicht gesehen?“

Mittlerweile hatten sich weitere Bewohner der Stadt um die Unfallstelle geschart und standen ihnen mit Rat und Tat zur Seite, wobei sich ihre Hilfe eher auf den Rat beschränkte. Jedenfalls gaben sie alle ihren Senf zu dem Geschehen, während June die Hände zu Fäusten ballte und den Mann beobachtete, der eine Hand in der Tasche seiner zerschlissenen Jeans vergrub, nachdem er den Kofferraum des Mustangs betatscht hatte. Hinter June wurde das Tuscheln der Stadtbewohner immer lauter, weshalb sie die Augen verdrehte und kurz vorm Explodieren war.

„Ist das nicht Lauras Mustang?“

„Das kann nicht sein. Laura kann sich kaum rühren und liegt nach ... *du weißt schon* ... zuhause auf dem Sofa.“

„Ich kenne jedoch keinen anderen roten Mustang ...“

„Wenn du mich fragst, sagt es doch alles über ihren Charakter aus, dass sie einen roten Mustang fährt, oder?“

„Die arme Alma ...“

„Alma tut mir nicht leid. Ich habe Mitleid mit Rupert.“

„Mit Rupert? Aber er hat ... *du weißt schon* ...“

„Mich wundert nur, dass er es so lange mit Alma ausgehalten hat.“

„Ich habe gehört, dass Rupert schon seit fünfzehn Jahren nicht mehr ... *du weißt schon* ... kann.“

„Da hat mir Billy aber etwas ganz anderes erzählt, schließlich war er dabei, als Rupert und Laura ins Krankenhaus kamen.“

„War Ruperts ... *du weißt schon* ... wirklich gebrochen?“

Irritiert runzelte sie die Stirn und wollte sich schon umdrehen, als der schweigsame Mann endlich das Wort ergriff. „Das Auto muss repariert werden.“

Sie begegnete seinem Blick und stieß ein lautes Stöhnen aus. „Ernsthaft?“ Zweifelnd begutachtete sie die Rückseite des roten Mustangs, die eines zerquetschten Akkordeons glich. „Ich meine ... das Auto sieht doch ganz gut aus.“

Zwar sagte er nichts, aber sein ironischer Blick war ziemlich ausdrucksstark.

„Also meinen Sie wirklich, dass das Auto repariert werden muss?“

Er nickte und drehte ihr den Rücken zu, bevor er um seinen Truck herumlief und anscheinend einsteigen wollte.

Fassungslos blinzelte sie. „Hey! Sie wollen doch wohl nicht etwa einfach abhauen.“

„Oje! Hatten Sie etwa einen Unfall, June?“, ertönte hinter ihr eine Stimme, die ihr annähernd bekannt vorkam. Als sie sich umdrehte, sah sie, wie die Frau namens Kate, die sie gerade in der Bäckerei bedient hatte, zu ihnen trat, nachdem sie sich durch die versammelten Stadtbewohner gequetscht hatte.

„Ich fürchte, ja“, murmelte June bedrückt und trat auf das andere Bein.

„Hey, Wyatt.“ Kate nickte dem Mann zu, der sich gegen den Motor seines Trucks lehnte und June einen ungeduldigen Blick schenkte.

„Kate.“

„Was gibt’s?“

Unfreundlich deutete er auf den Mustang. „Ruf Marty an, damit er das Auto abschleppen lässt.“

Überrascht bemerkte June, dass er sogar sprechen konnte, und kniff die Augen zusammen.

Die andere Frau grinste breit und zwinkerte June zu. „Haha! Fährst du Frauen jetzt schon ins Auto, um an ein Date zu kommen, Wyatt?“

Der schwarzhaarige Mann ging auf den Kommentar gar nicht ein, sondern setzte für einen kurzen Moment die Kappe ab und fuhr sich durch sein schwarzes Haar. „Der sollte in die Werkstatt.“

„In die Werkstatt?“ June biss sich auf die Unterlippe und schaute die andere Frau unglücklich an. „Wunderbar! Gibt es hier überhaupt eine Werkstatt?“

Glücklicherweise bewies Kate Humor, was man von dem Mann namens Wyatt nicht sagen konnte, da er mit einem Brummen wieder die Kappe aufsetzte und missmutig zu ihr rüberstarrte.

„Keine Sorge, June. Das Auto bekommen wir wieder hin.“ An den Mann gewandt erklärte sie: „Martys Abschlepper ist gerade im Einsatz. Der alte Mr. Donovan hat sein Auto mal wieder beinahe im See versenkt. Ich rufe ihn gleich an und sage ihm, dass er sich anschließend um den Mustang kümmern soll. Was ist mit deinem Pick-up?“

„Nur eine Beule“, gab er von sich.

„Das tut mir so leid“, erwiderte June und schluckte gegen den Kloß in ihrer Kehle an. Dann begann sie zu plappern, was sie immer tat, wenn sie nervös war. „Verstehen Sie ... ich komme aus New York. Wir fahren dort keine Autos, ich meine ... natürlich fahren wir Autos, aber wir fahren sie nicht selber. Wir fahren Taxi! Taxifahrer fahren die Autos. Wir sitzen auf der Rückbank. Das letzte Mal bin ich vor ... vor Ewigkeiten gefahren – und das war kein Auto mit Schaltgetriebe!“

„Beruhigen Sie sich, June“, erwiderte Kate gutmütig. „Es ist doch gar nichts passiert.“

Der Mann war weniger einsichtig und grollte: „Passen Sie beim nächsten Mal besser auf.“

„Wyatt“, schalt Kate ihn aus.

„Aber er hat Recht.“ Am Rande einer Hysterie schnappte June nach Luft. „Ich hätte jemanden verstümmeln oder umbringen können! Es hätte ein Hund oder ein Kind sein können ... Gott, stellen Sie sich bloß vor, dass ich einem Hund die Beine abgefahren hätte! Und das nur wegen dem Gebäck für meine Tante!"

„June." Kate lachte amüsiert. „Sie haben niemanden angefahren."

„Aber das hätte ich tun können! Ich meine, Hunde haben sogar ein ziemlich schönes Leben nur mit zwei Beinen, wenn sie einen Rollstuhl bekommen. Das habe ich einmal im Fernsehen entdeckt. Aber bekommt man hier in der Gegend so etwas überhaupt? Himmel, wir sind auf dem Land! Hier werden kranke Hunde sicherlich sofort erschossen."

„Nur wenn sie Tollwut haben", ließ sich der schweigsame Texaner vernehmen, was June kaum mitbekam, da sie voller Horror auf das Auto sah.

„Für den Fall der Fälle haben wir eine sehr fähige Tierärztin, die sogar meine Freundin ist", beruhigte Kate sie. June konnte sich des Eindrucks nicht erwehren, dass die ältere Frau ihren Spaß hatte, doch das interessierte sie gerade weniger.

„Wie soll ich das meiner Tante erklären? Zwar habe ich niemanden über den Haufen gefahren, aber ihr

Auto sieht aus, als hätte ich es absichtlich in eine Schrottpresse gesteckt."

„Machen Sie sich darum keine Sorgen." Kate tätschelte ihr die Hand. „Sobald ich Marty angerufen habe, kümmert er sich um das Auto. Wyatt fährt Sie zu Ihrer Tante ..."

Der schweigsame Mann, dessen Shirt sich an gut ausgebildete Muskeln schmiegte, brummte unfreundlich: „Kate."

„Aber ... aber ... das geht doch nicht", widersprach auch June und hörte sich selbst stottern. Einerseits hatte sie keine Ahnung, wie sie zurück zum Haus ihrer Großtante kommen sollte, andererseits war die Aussicht, sich von dem Mann kutschieren zu lassen, dem sie ins Auto gefahren war und den sie anschließend angebrüllt hatte, auch nicht gerade verlockend. Da er kaum ein Wort sprach, würden dies sicherlich lange schweigsame Minuten werden. „Ich kann nicht ... ich meine, er will nicht ..."

„Keine Widerrede", entgegnete Kate bestimmend, so dass June nichts anderes übrig blieb, als auf den Beifahrersitz des zerbeulten Trucks zu steigen, Kates

Telefonnummer einzuspeichern und das ramponierte Auto ihrer Großmutter an Ort und Stelle zu lassen, bevor sie in einem klapprigen, jedoch überraschend ordentlichen Truck nach Hause gefahren wurde.

„Es ist sehr nett, dass Sie mich fahren, Wyatt. Darf ich Sie Wyatt nennen? Oje ... ich weiß gar nicht, wie Sie mit Nachnamen heißen."

Anscheinend verstand er den Wink mit dem Zaunpfahl nicht, denn er blieb stumm.

Daher probierte sie es anders. „Ich heiße June. June Jamison. Bevor Sie etwas sagen: Ja, ich denke auch, dass meine Eltern bewusstseinserweiternde Substanzen zu sich genommen haben, als sie mir den Namen gaben. Vermutlich kann ich deshalb nicht besonders gut Auto fahren. Hehehe!" Sie lachte verschämt und beobachtete seine Mundwinkel, da sie davon ausging, dass er lächeln würde. Stattdessen blieb sein Blick starr geradeaus gerichtet und er reagierte nicht einmal.

Nervös knetete sie ihre Hände. Normalerweise fanden die Menschen sie lustig und lachten über ihre Scherze. Dass er keinerlei Reaktion zeigte, verwirrte sie ein wenig. „Ich bin Ihnen jedenfalls sehr dankbar, dass

Sie mich fahren. In New York würde ich einfach die U-Bahn nehmen, aber hier ... na ja ... Sie wissen schon."

Der gequälte Seufzer, der aus seinem Mund kam, zeigte ihr, dass er tatsächlich genervt war.

Unsicher spähte sie ihn von der Seite aus und fühlte sich bemüßigt, ihm zu erklären: „Wenn ich nervös bin, dann rede ich sehr viel. Das tut mir leid, aber ich kann nicht anders. Vielleicht bin ich deshalb auch Autorin geworden, damit ich all das aufschreiben kann, was mir auf der Zunge liegt. Lesen Sie, Wyatt? Vermutlich würden Sie nicht das lesen, was ich schreibe, es sei denn, Sie lesen gerne ..."

„Miss Jamison", brummte er plötzlich.

„Ja?" Erstaunt betrachtete sie sein Profil und hielt den Atem an.

„Ich mag es gerne ruhig."

„Oh ... oh. Ich verstehe. Ich wollte nur ... schon gut. Dann bin ich mal ruhig."

Wyatt reagierte mit einem undefinierten Brummen auf ihre Antwort.

Während der restlichen Fahrt hielt June die Klappe und saß angespannt auf ihrem Sitz. Eigentlich hatte sie sich bei ihm dafür entschuldigen wollen, dass sie direkt nach dem Unfall ausgeflippt war und ihn angebrüllt hatte, aber er machte es einem nicht wirklich leicht.

Der Anblick ihrer Großtante, die wie Quasimodo höchstpersönlich auf die Veranda gehumpelt kam, als der Truck mit quietschenden Reifen vor dem Haus anhielt, wäre ziemlich komisch gewesen, doch ein Blick in das grüblerische Gesicht ihres Fahrers hielt sie davon ab. Vorsichtig kletterte sie auf ihren hohen Hacken aus dem Gefährt, schloss die Tür und wollte ihm durch das geöffnete Fenster einen Dank zurufen, als sein Motor aufheulte und er einen rasanten Start hinlegte, der June staubig und hustend stehen ließ.

3. Kapitel

Atemlos bemerkte Bella, wie sich die dunklen Augen des ruchlosen Piraten zu Schlitzen zusammenzogen, während er beobachtete, wie sie an der Rehling seiner Fregatte stand und mit ihrem Leben rang. Ihr Geliebter war verschollen – vermutlich tot, ertrunken in der endlosen See, die er so sehr geliebt hatte. Bella begehrte auf, wollte den Schmerz, der in ihrer Seele wütete, hinausschreien, doch sie musste auch an das Schicksal der Mannschaft denken. Und an das ungeborene Kind unter ihrem Herzen, das ihr der Geliebte hinterlassen hatte.

Stolz spannte sie die Schultern an und drehte sich dem Mann zu, der nun die Macht hatte, über ihr Leben zu bestimmen. Während ihr blondes Haar im unbarmherzigen Wind der rauen See flatterte, betrachtete sie ihn. Sein Haar war so schwarz wie seine Seele. Seine Augen brannten wie die Feuer der Hölle und die Kerbe in seinem Kinn gab ihm einen geradezu diabolischen Ausdruck.

„Soll das heißen, dass du gar nicht weißt, wie es zu dem Unfall deiner Großtante kam?“

„Ich habe keinen blassen Schimmer“, seufzte June und sah in die belustigten Augen von Kate Lindsay, die so nett gewesen war, sie auf ein Bier in die örtliche Kneipe mitzunehmen. „Wieso wird Laura so angestarrt, als hätte sie irgendjemanden um die Ecke gebracht?“

Die dunkelhaarige Frau prustete belustigt in ihr Bier. „Das soll sie dir lieber selbst erzählen.“

„Ich würde es lieber von dir hören.“

„Keine Chance.“

June verdrehte die Augen und griff mit einer Hand in die Schale mit Nüssen, die auf dem uralten Tisch stand, an dem sie mit der anderen Frau saß und sich seit zwanzig Minuten über die teilweise verrückten Bewohner der Kleinstadt unterhielt. So wie June das sah, schienen Kate und ihr Mann Hugh, der zu allem Überfluss der Bürgermeister dieser verrückten Stadt war, die einzig normalen Menschen des Örtchens zu sein. Zugegebenermaßen hatte June bislang nicht viele von ihnen kennengelernt, wenn sie davon absah, dass sie vor ein paar Tagen zum Stadtgespräch mutiert war, nachdem sie beim Rückwärtsausparken einem dieser Hinterwäldler in die Seite gefahren war. Als wäre der Tag nicht schon stressig genug gewesen, hatte sie den alten Mustang ihrer Großtante beinahe zu Schrott gefahren und sich von einem schweigsamen sowie ziemlich brummigen Texaner nach Hause kutschieren lassen, der sich als verdammt unfreundlich erwiesen und sie staubbedeckt stehen gelassen hatte.

„Meine Großtante weicht mir sehr geschickt aus, wenn ich wissen will, warum sie eine Halskrause trägt. Bislang habe ich mir die Frage verkniffen, warum diese furchtbare Frau mit dem Doppelkinn ...“

„Du meinst Alma Steiner.“

June nickte kurz. „Jedenfalls hat diese Alma sie ein Flittchen genannt. Und eine Schlampe. Für eine Frau in ihrem Alter finde ich die Wortwahl schon ein wenig krass.“

„Du magst vielleicht aus New York kommen, aber texanische Hausfrauen schlafen mit einer Schrotflinte neben dem Bett und können Dingos häuten, ohne sich dabei ihre weißen Schürzen schmutzig zu machen“, kicherte Kate und lehnte sich entspannt zurück.

„Würg.“ Der Gedanke an gehäutete Dingos ließ sie ganz schnell die Schale mit den Nüssen von sich schieben.

Kate Lindsay lachte vergnügt und nahm einen weiteren Schluck Bier.

Wie June erfahren hatte, war Kate Mutter dreier Kinder, die sie heute ihrem Mann überlassen hatte, um sich einen freien Abend zu gönnen. Erstaunlicherweise schien sie für eine Frau, die nach ihrem Äußeren zu schließen großen Wert auf Designerkleidung legte, mit dem Leben in einer Kleinstadt mitten im Nirgendwo ziemlich glücklich zu sein.

„Wohnst du schon lange hier in Hailsboro?“

Kate schob ihr Glas ein Stück beiseite und nickte. „Ich bin hier geboren und aufgewachsen, bevor ich aufs College ging und anschließend nach L.A. zog. Erst vor ein paar Jahren kam ich zurück, um meine Großmutter zu besuchen, und traf Hugh wieder." Erklärend hob sie eine Hand. „Von da an stellte sich mir gar nicht mehr die Frage, ob ich wieder zurück in die Großstadt ziehen wollte."

„Vermisst du das Leben in L.A. nicht?", wollte June wissen und bemühte sich darum, ihren Unglauben zu verbergen.

„Um ehrlich zu sein, hätte ich wenig Lust, mir den Stress einer Großstadt wieder anzutun", seufzte Kate schwer. „Natürlich vermisse ich es manchmal, nicht mitten in der Nacht etwas zu essen bestellen zu können oder sofort das kaufen zu können, das ich genau in diesem Moment haben möchte, aber die Ruhe und Beschaulichkeit hier tun richtig gut. Außerdem gibt es keinen schöneren Ort, um Kinder aufwachsen zu lassen."

Da konnte June nicht mitreden und hielt lieber die Klappe. Sicherlich mochte eine Kleinstadt wie Hailsboro perfekt sein, um eine Familie zu gründen, aber für ein Stadtkind wie sie war es beinahe schon pervers, morgens aufzuwachen, ohne irgendwo einen Presslufthammer zu hören, keine Abgase in der Nase zu haben und nichts als blühende Natur anstatt graffitiverschmierte Hauswände vor sich zu sehen. Gestern Abend hatte sie trotz ihrer Müdigkeit nicht einschlafen können, weil es einfach zu leise gewesen war. Sie war beinahe verrückt geworden und hatte das Hupen wütender Taxifahrer, das Geschrei betrunkener Penner sowie das beständige Rattern der Hochbahn vermisst. Doch es war so still geblieben, dass sie sich eingebildet hatte, ihr Haar wachsen zu hören.

Dass Erinnerungsfetzen an den Film *Das Kettensägenmassaker von Texas* vor ihrem inneren Auge aufgetaucht waren, hatte die ländliche Idylle endgültig zerstört. Vielleicht sollte sie sich für die Zeit, in der sie hier war, auch eine Schrotflinte besorgen, überlegte sie. Ihre Großtante schien nicht die Sorte Frau zu sein, die ein Dingo häuten, geschweige denn mit einer Schrotflinte umgehen konnte. Abgesehen von der Halskrause, die sie ziemlich bewegungslos machte, würde sich Tante Laura vermutlich selbst in den Fuß schießen, anstatt einen Einbrecher von ihrem Grund und Boden zu vertreiben.

„Ich fürchte, dass das für mich zu viel Idylle ist“, scherzte June daher und sah auf, als sich die Tür zu der urigen Kneipe öffnete. Augenblicklich verfinsterte sich ihr Gesicht und sie versank ein Stück auf der gemütlichen Bank, auf der sie saß.

„Was ist?“ Kate musste ihre Reaktion bemerkt haben, da sie fragend zur Tür blickte und gleich darauf schräg grinste.

„Hey, Wyatt!“

Ein Brummen war die Antwort, bevor der dunkelhaarige Mann mit den zerschlissenen Jeans und dem karierten Hemd, das er über einem weißen T-Shirt trug, mit einem schroffen Nicken an ihnen vorbeiging und sich an die Theke setzte.

Selbstverständlich musste June das unglaubliche Glück haben, ausgerechnet den Mann zu treffen, dem sie ins Auto gefahren war, den sie in ihrem Schock angebrüllt hatte und der sie anschließend zu ihrer Tante gefahren hatte. In der ganzen Zeit hatte der Typ kaum ein Wort gesprochen, sondern lediglich irgendwelche Laute von sich gegeben, die ihr wohl signalisieren sollten, dass er von ihr genervt gewesen war.

Nun ja, sie war nun einmal eine Plaudertasche, vor allem wenn sie nervös war. Nur weil er anscheinend nicht in der Lage war, ein längeres Gespräch zu führen, hieß das noch lange nicht, dass jeder Mensch auf der Erde stumm wie ein Fisch zu sein hatte.

„Wieso ziehst du bei Wyatts Anblick den Kopf ein?“

Verwirrt blinzelte sie Kate an und rümpfte die Nase. „Wir hatten nicht den besten Start.“

Fröhlich gluckste die andere Frau. „Du meinst, nur weil du ihm ins Auto gefahren bist und ihn vor der versammelten Stadt einen Idioten genannt hast? Ach! Wyatt ist nicht nachtragend.“

Bei jedem einzelnen Wort war June zusammengezuckt und merkte, wie ihr peinliche Röte ins Gesicht stieg. Der Unfall war vermutlich nicht ihre Glanzleistung gewesen.

„Ich stand unter Schock“, verteidigte sie sich mit belegter Stimme. „Und er hat kaum etwas gesagt!“

„So ist Wyatt“, erwiderte Kate und deutete mit dem Kopf zur Theke.

June folgte ihrem Blick und musterte den breiten Rücken des schweigsamen Mannes, der aussah, als käme er geradewegs aus Alaska und hätte seit Urzeiten weder Spiegel noch Rasierer gesehen. Als ungepflegt hätte sie ihn vielleicht nicht unbedingt beschrieben, sondern als Naturburschen, der keinen Wert auf sein Aussehen legte – so ein bisschen wie ein Yeti-Forscher, der sich seiner Umgebung anpasste und in einer Höhle hauste, um auf den Spuren seines Forschungsobjekts zu wandeln.

Neben seiner saloppen Kleidung waren die schwarzen Bartstoppeln und das herbe Gesicht, das er bei ihrer ersten Begegnung unter einer Baseballkappe verborgen hatte, ganz besonders auffällig. Auch sein Haar – so konnte sie nun erkennen – schien er selbst mit einer Haushaltsschere geschnitten zu haben, wenn er sich nicht einer Machete oder ähnlichem bedient hatte.

„Kennst du ihn etwa?“

„Natürlich.“ Kate nickte. „Wyatt und ich sind gleichaltrig. Er und Hugh waren auf der Schule befreundet, also verbrachte ich als Kind auch relativ viel Zeit mit ihm."

Sie wollte nicht neugierig sein und sich sicherlich nicht den Kopf über einen unfreundlichen Hinterwäldler zerbrechen, den sie für ein wenig beschränkt hielt, wenn sie ganz ehrlich war, doch die Schriftstellerin in ihr war immer auf der Suche nach neuen Geschichten – insbesondere dann, wenn sie an einer Schreibblockade litt und nicht wusste, was sie bloß schreiben sollte. Da sie bei ihrem aktuellen Projekt nicht vorankam, wollte sie sich ein wenig ablenken und mehr über den ruppigen Typen erfahren, der wortkarg auf ihr Geplauder reagiert hatte.

Während sie wieder nach den Nüssen griff, fragte sie gespielt unbeteiligt: „Wie ist er denn so?"

„Wyatt?" Mit einem Schulterzucken erklärte Kate: „Er ist ein guter Kerl. Lebt ziemlich zurückgezogen und redet nicht viel."

June schnaubte. „Das habe ich auch schon bemerkt."

„Die meisten Männer aus Hailsboro sind eher zurückhaltend und halten die Klappe, schließlich reden ihre Frauen für sie mit“, erwiderte Kate grinsend und deutete in die Kneipe hinein, in der sich von ihnen beiden abgesehen nur Männer befanden. „Was denkst denn du, woher Ted, dem die Kneipe gehört, alle seine Einnahmen hernimmt? Das ist so ungefähr der letzte Ort in ganz Hailsboro, in dem die Männer sicher vor den Frauen sind.“

„Du und ich sind auch hier“, entgegnete June und rümpfte die Nase.

„Wir sind eine Ausnahme, schließlich debattieren wir nicht über Vasektomien oder Mammographien.“

„Oh Gott“, murmelte June. „Das klingt grauenvoll.“

„Du arbeitest nicht in der Bäckerei.“ Kate schüttelte den Kopf und schöpfte Atem. „Den lieben langen Tag sitzen einige der Damen in der Bäckerei, stopfen sich mit Gebäck zu und tratschen über Gott und die Welt. Dabei weiß ich nicht, was ich schlimmer finde: Auf der einen Seite befürchte ich, dass ich mir in näherer Zeit ausführliche Beschreibungen über diabetische Füße anhören muss, wenn sie weiterhin so essen, und auf der anderen Seite muss ich mir

Gedanken machen, dass ich von ihren Angehörigen verklagt werde, wenn sie mit einem Kran aus ihrem Haus befreit werden müssen, weil sie so entsetzlich fett geworden sind. Da meine Süßwaren daran schuld sein werden, werde ich vermutlich dafür aufkommen müssen. Andererseits gehen mir entsetzlich viele Einnahmen flöten, sobald sie nicht mehr in der Lage sind, eigenständig das Bett zu verlassen."

„Was für eine Zwickmühle", lachte June erheitert auf.

„Hey, ich habe drei Kinder, die ich später einmal aufs College schicken möchte."

„Na, dann." June hatte den schweigsamen Mann an der Theke nicht vergessen und nickte in seine Richtung. „War er auch auf einem College?"

Kate erwies sich als wahre Informationsquelle, nachdem sie June einen kurzen Augenblick fragend betrachtet hatte. „Da ich selbst einige Jahre nicht hier gelebt habe, weiß ich natürlich nicht, was er in dieser Zeit gemacht hat, aber er ist vor einigen Monaten in das Haus seiner Eltern gezogen, nachdem sein Vater verstorben war. Wie ich von meiner Großmutter gehört habe, hat er zwischenzeitlich woanders gelebt, aber nicht einmal Hugh weiß etwas Genaueres."

Neugierig musterte June den Mann, der allein an der Theke saß und sich grüblerisch über sein Bier gebeugt hatte. In ihrem Kopf begannen sich die Rädchen zu drehen. Der Nachteil ihres Berufes war definitiv, dass sie sich die verrücktesten Hintergrundgeschichten zu Menschen ausdachte, die sie kaum kannte. Einen ihrer Exfreunde hatte sie damit wahnsinnig gemacht, weil er kein Verständnis dafür aufgebracht hatte, dass sie auch abends in Gedanken bei ihren Geschichten gewesen war und sich überall Inspiration geborgt hatte. Damals hatte sie an einer TV-Sendung geschrieben, die wöchentlich ausgestrahlt worden war und von einer Gruppe junger Ärzte gehandelt hatte. Als einer dieser Ärzte einen Patienten mit einer erektilen Dysfunktion behandelt hatte, war Junes damaliger Freund ausgerastet und hatte sich von ihr getrennt, weil er der Meinung gewesen war, dass June ihre Inspiration aus ihrem Sexleben bezogen hatte. Zwar hatte sie ihm erklärt, dass sie das Skript für die ausgestrahlte Folge ein paar Monate vor ihrer ersten

Begegnung geschrieben hatte, aber er war davon felsenfest überzeugt gewesen, dass sie ihn zum Vorbild des Patienten mit der toten Hose gemacht hatte. Was hätte sie dazu sagen sollen? Wenn ihm der Schuh passte, war es nun einmal so. Zwar hatte sie das Sexleben mit besagtem Freund nicht schlecht gefunden, aber das hatte natürlich auch daran liegen können, dass sie einen batteriebetriebenen Ersatz in der Schublade ihres Nachttisches verwahrt hatte, der immer dann zum Einsatz gekommen war, wenn der Begriff erektile Dysfunktion grausame Realität geworden war.

„Ich dachte, in einer Kleinstadt bliebe nichts geheim."

„Normalerweise ist das auch so. Aber wie du selbst bemerkt hast, ist Wyatt nicht unbedingt der geschwätzige Typ."

„Nicht so wie ich", murmelte June und verdrehte die Augen.

Als Frau, die sich bei ihrer ersten Begegnung mit Wyatt nicht gerade von ihrer Schokoladenseite gezeigt hatte, war sie geneigt, nicht länger über ihn zu reden, doch als Schriftstellerin, die unglücklicherweise schrecklich neugierig war, konnte sie das Thema nicht so einfach fallen lassen.

„Was macht er beruflich?“

Kate blinzelte erstaunt. „Hast du etwa Interesse an Wyatt?“

„Unsinn“, erwiderte June mit einem übertriebenen Augenverdrehen. „Ich bin einfach nur neugierig. Ich saß fast zwanzig Minuten in seinem Truck und habe kaum ein Wort aus ihm rausbekommen.“

Sie verschwieg Kate lieber, dass sie vermutlich deshalb kaum ein Wort aus ihm herausbekommen hatte, weil sie permanent geredet hatte.

„Ich habe keine Ahnung, was er beruflich macht. Vielleicht weiß Hugh das, aber mir gegenüber hat er nichts erwähnt.“

„Mhh.“ June verzog den Mund und nahm den Mann genauer in Augenschein, der sich mit beiden Ellenbogen auf der Theke abstützte, der an seiner Bierflasche wie ein Säugling an einem Schnuller nuckelte und ihr dabei einen verstohlenen Blick zuwarf, bevor er betont lässig die Augen nach vorne schweifen ließ.

Das Kribbeln, das plötzlich in ihren unteren Extremitäten aufstieg und sich augenblicklich in ihrer Körpermitte sammelte, überraschte sie.

Entschlossen setzte sie sich auf. „Vielleicht sollte ich ihn einfach fragen."

„Was?"

„Ich gehe mal rüber und unterhalte mich mit ihm. Bei der Gelegenheit kann ich mich für mein Verhalten entschuldigen." June nickte nachdrücklich und wollte an den Rand der Sitzbank rutschen, um aufzustehen, als sich ein schwerer Körper mit einem hörbaren Seufzer auf die Bank fallen ließ. Beinahe automatisch wich June zurück.

„Hallo, Mädels."

Auch ohne den genervten Gesichtsausdruck der anderen Frau zu bemerken, ahnte June, dass der schwitzende Mann mit den strengen Ausdünstungen, der auf vertrauensvolle Weise einen Arm über die Lehne der Sitzbank schob und dabei nah an sie rückte, ein aufdringlicher Zeitgenosse sein musste. Dass er zudem ein ungepflegter Zeitgenosse war, sagten ihr nicht nur die riesigen Schweißflecken unter seinen

Armen, die er unverhohlen präsentierte, sondern auch der beinahe schwarz verfärbte Schneidezahn, der ihr ins Auge stach, als er ein scheinbar verführerisches Lächeln aufsetzte.

Seufzend lehnte sich Kate zurück. „Ronny, wenn du uns entschuldigen würdest ...“

„Kate, willste uns nich’ vorstellen?“ Der Typ zwinkerte vertrauensvoll und drehte das Gesicht in Junes Richtung, die zusammenzuckte, als sie neben dem schwarzen Schneidezahn auch noch Essensreste zwischen den übrigen Zähnen bemerkte und ihr gleichzeitig der Geruch nach Zwiebeln, Schweiß und Dung in die Nase stieg. Während sich ihr Magen umdrehte und sie dezent versuchte, ihre Nase in eine andere Richtung zu drehen, schließlich wäre es unhöflich gewesen, sich diese einfach zuzuhalten, bekam sie ein schlechtes Gewissen, weil sie den schweigsamen Wyatt, der an der Theke saß und seine Augen nun auf ihren Tisch gerichtet hatte, einen Hinterwäldler genannt hatte. Wenn Wyatt ein Hinterwäldler war, hatte sie keine Ahnung, wie sie erst Ronny hätte nennen sollen! Leider fiel ihr keine

Bezeichnung für ihn ein. June wusste nur, dass er einen widerlichen Geruch verströmte, viel zu nah an sie heranrückte und sie sich lieber wie ein Dingo häuten lassen würde, bevor sie sich von diesem Typen anfassen ließ.

„Hör mal, Ronny, wir wären ganz gerne allein“, erklärte Kate spitz, bevor sie die Lippen zusammenpresste.

„Habt euch nich’ so.“ Er grinste June an, die sich bis in die Ecke der Sitzbank verdrückt hatte und mit schmalen Augen beobachtete, wie er seinen massigen Körper unter lautem Ächzen ein weiteres Stück in ihre Richtung bewegte. „Ich wollte nur hallo sagen.“

Unfreundlich entgegnete June: „Hallo. Tschüss.“

Eines musste man Ronny zugutehalten: Er schien nicht im Mindesten abgeschreckt zu sein, da er grinste: „Biste neu hier?“

Zwar mochte sie ohne Schrotflinte neben dem Bett schlafen, aber sie kam aus New York. Selbst wenn es ihr zuwider war, neben Ronny zu sitzen, hätte sie keine Skrupel, ihm die Finger in die Augen zu stechen, sollte er sie nicht in Ruhe lassen. Oh Gott, sie könnte noch immer ihre Mom erwürgen, dass sie sie in dieses Kaff geschickt hatte, in dem sie sich nun auch noch den sexuellen Avancen eines waschechten Hillbillys ausgesetzt fühlte.

„Sie ist zu Besuch hier“, entgegnete Kate düster und schnitt eine Grimasse. „Lass sie in Ruhe, Ronny.“

Ronny und sein Schneidezahn schienen Kate nicht einmal wahrzunehmen, da er seine Augen beinahe lasziv über June wandern ließ, die die Tatsache verfluchte, dass sie ihre Garderobe nicht sorgfältiger ausgesucht hatte. Jedenfalls saugten sich Ronnys leicht glubschige Augen an ihrem Ausschnitt fest, während er in Richtung ihrer Brüste erklärte: „Ich heiß’ Ronny.“

Junes Stimme troff vor Sarkasmus. „Echt? Was für eine Überraschung!“

Anscheinend war er vom lieben Herrgott mit wenig Verstand, dafür mit umso mehr Selbstvertrauen gesegnet, da er seine Augen nicht von ihrem Ausschnitt nahm und stattdessen murmelte: „Wenne willst, zeig ich dir die Stadt. Wir würden viel Spaß haben.“

Das bezweifelte sie doch sehr. „Nein, vielen Dank.“

„Hab gehört, dass Laura dein Tantchen is.“ Sein Grinsen wurde noch breiter. „Draußen steht meine Karre.“

Auch wenn June keine Ahnung hatte, was der Typ da laberte, ließ sein Ton darauf schließen, dass er sich gerade vorstellte, wie sie nackt auf ihm saß – bei dieser Vorstellung kamen ihr nicht nur die Erdnüsse, sondern auch das Bier wieder hoch.

Gerade als sie sich aufplustern und dem Typen den schwarzen Schneidezahn ausschlagen wollte, stellte jemand lautstark sein Bierglas auf ihrem Tisch ab und gab ein tiefes Brummen von sich.

„Wyatt“, ertönte Kates erleichterte Stimme.

Mit einem Grollen in der Kehle erwiderte er: „Kate. Kann ich mich setzen?“

„Gerne!“

June, die sich in die hinterste Ecke gedrückt hatte, hob den Blick und begegnete dunklen Augen, die sich wenig erfreut auf ihr Gesicht richteten.

Auch Ronny schien nicht sonderlich begeistert zu sein, da er den Kopf einzog und murmelte: „Wyatt.“

Dieser nickte finster und setzte sich neben Kate, was Ronny glücklicherweise veranlasste, seinen wuchtigen Körper in die Höhe zu stemmen, während er nervös erklärte: „Ich bin dann mal wieder weg ...“

Pure Erleichterung durchfuhr June, die vorsichtig in der Luft schnupperte und hoffte, dass der widerliche Gestank zusammen mit Ronny verschwunden war.

Kate lachte fröhlich auf. „Wie hast du das denn hinbekommen, Wyatt?“

Er zuckte lediglich mit der Schulter, beugte sich über sein Bier und gab ansonsten keinen Laut von sich. Dass sich seine dunklen Augen in ihre bohrten, hielt June für kein gutes Zeichen, schließlich lächelte er dabei nicht. Sie mochte ab und zu leichtgläubig sein, ließ sich am Telefon Lottoscheine andrehen und glaubte der Berichterstattung diverser Fernsehkanäle, wenn irgendwo Elvis aufgetaucht war, aber sie war nicht so blöd, nicht zu bemerken, dass Wyatt sie ziemlich nervig fand.

Kate kicherte. „Hast du Ronny auf der Highschool nicht einmal verprügelt?“

Obwohl der Mann den Kopf schüttelte, war sich June ziemlich sicher, dass er log, da sich seine hageren Wangen minimal röteten. War sie merkwürdig, weil sie das sexy fand? Und war sie vielleicht sogar pervers, weil sie sich urplötzlich vorstellte, Sex mit diesem Mann, den sie in schwachen Momenten einen Hinterwäldler nannte, auf der Ladefläche seines Trucks zu haben?

Misstrauisch betrachtete sie das Bierglas vor ihrer Nase und musste sich fragen, was diese Landeier zusammenbrauten, dass sie plötzlich solche Gedanken hegte. Natürlich konnte es auch daran liegen, dass sie auf Entzug war und seit Ewigkeiten kein funktionierendes Sexleben mehr vorzuweisen hatte. Außerdem war der schweigsame Wyatt eine sehr viel bessere Partie als der schwitzende Ronny.

Aus der Nähe betrachtet erschien Wyatt ein ganz nettes Exemplar zu sein, wenn man auf den Typen *Naturbursche* stand, der vermutlich mit nacktem Oberkörper im Winter Holz hackte und sich nicht darum kümmerte, sein Haar zu stylen oder sich die Brust zu rasieren.

Innerlich schüttelte sie den Kopf, denn sie konnte Männer nicht leiden, die sich die Brust rasierten. Noch schlimmer waren rasierte Männerbeine ...

„June fragt sich, was du beruflich machst, Wyatt. Erzähl doch mal."

Erschrocken schnappte June nach Luft und fühlte sich ertappt. „Das ... das stimmt doch gar nicht."

„Ach?" Kate giggelte amüsiert. „Wolltest du ihn nicht gerade noch fragen, was er macht?"

Sein finsterer Blick sowie das tiefe Brummen, das aus seiner Kehle kam, brachten sie dazu, sich hektisch zu verteidigen. „Nun ja ... man darf ja noch fragen, oder nicht? Ich weiß nicht einmal Ihren Nachnamen ..."

„Reynolds", antwortete Kate belustigt und erntete ein tiefes Grollen.

Automatisch nickte June. „Danke, Kate. War das so schlimm, Mr. Reynolds? Oder soll ich weiterhin Wyatt sagen? Wenn Sie sich auf der Fahrt zu meiner Großtante nicht geweigert hätten, sich mit mir zu unterhalten, dann hätte ich Kate nicht fragen müssen, was Sie machen. Immerhin haben Sie sich darum gekümmert, dass ich nach Hause kam ..." Sie unterbrach sich, als der Mann auf ihren Mund starrte und gleichzeitig den Kopf schüttelte.

Errötend bemerkte sie, dass sie mal wieder ohne Punkt und Komma geredet hatte, und hielt die Klappe – jedoch nur für einen kurzen Augenblick.

„Es tut mir leid, dass ich Sie einen Idioten genannt und angebrüllt habe. Das war nicht fair, schließlich war ich so unachtsam und bin Ihnen in das Auto gefahren. Apropos: Der Mustang ist schon zurück aus der Werkstatt. Außerdem habe ich Sie noch gar nicht gefragt, ob ich die Ausbesserung der Beule Ihres Autos bezahlen kann. Ich habe ein furchtbar schlechtes Gewissen."

June schaute ihn fragend an und beobachtete kurz darauf, wie er Kate einen bedeutungsvollen Blick zuwarf, eine kurze Verabschiedung murmelte und sich wieder an die Theke setzte.

Verwirrt sah sie die andere Frau an, die in ihr Glas prustete. „Was war das denn?"

„Ich schätze, er hat deiner Redegewandtheit einfach nichts entgegenzusetzen."

4. Kapitel

Schon seit geschlagenen zwanzig Minuten starrte June auf den Bildschirm ihres Laptops und kam einfach nicht voran. Diese verdammte Schreibblockade machte sie noch wahnsinnig. Im Grunde sollte sie kein Problem damit haben, die Geschichte um Lady Bella einfach runterzuschreiben, da der Plot bereits bestand und sie genau wusste, was sie in welchem Kapitel schreiben sollte und wie die Geschichte enden würde, doch eine unendliche Leere tat sich vor ihr auf. Sie hatte weder die Lust, sich Gedanken um einen ruchlosen Piraten zu machen, noch brachte sie den Elan auf, sich auf diese Geschichte einzulassen.

Statt sich um die sexuellen Bedürfnisse der armen Lady Bella zu kümmern, die nach dem Tod ihres Geliebten untröstlich war und sich selbst opferte, um die Mannschaft des Verstorbenen zu retten, öffnete sie immer wieder das Manuskript, an dem sie nun schon seit fast zehn Jahren arbeitete und das noch immer nicht fertig war.

Bislang hatte sich niemand wirklich interessiert an ihrer Romanidee gezeigt. Langsam kam sich June wie die letzte Versagerin vor, die nur gut darin war, seichte Unterhaltungsliteratur zu schreiben. Immer wieder nahm sie sich vor, Zeit in das Projekt zu investieren, das ihr wirklich am Herzen lag und das sie als unglaublich wertvoll erachtete, doch dann kam ein neuer Schreibauftrag herein, der ihr den Lebensinhalt finanzierte, und sie ließ sich darauf ein, einen Roman über eine verwegene Piratenbraut oder ein Drehbuch für eine vor Klischees strotzende Fernsehsendung zu schreiben. Sie konnte mehr und wollte dies all denen beweisen, die sie lediglich als Schnulzenautorin sahen. Aber vor allem wollte sie es sich selbst beweisen.

Mittlerweile schrieb sie seit Jahren nichts anderes als Kitschromane oder Plots für seichte Fernsehsendungen und hatte Angst, dass sie nichts anderes mehr konnte. Wer wusste schon, ob das Talent, tiefsinnige und hintergründige Geschichten zu erzählen, mit der Zeit erlosch, wenn man ständig darüber schrieb, wie sich die Protagonisten in die Augen sahen und vor Lust erbebten?

Sie biss die Zähne zusammen und setzte sich aufrecht hin, während sie den letzten Absatz noch einmal las. Wenigstens hatte sie hier kaum Ablenkung und konnte dank Lauras eingeschränkter Internetverbindung auch nicht stundenlang im Netz surfen. Zwar sollte dies eigentlich hilfreich sein und sie sich auf das Manuskript konzentrieren lassen, doch kaum las sie über den verruchten Piratenkapitän, der Lady Bella als Geisel genommen hatte, kam ihr in den Sinn, von wem dieser Kapitän seine Gesichtszüge hatte.

Wyatt Reynolds war zwar ein komischer Kauz, aber als Vorbild für ihre Romanfigur taugte er einiges. Wie der schweigsame Naturbursche aus Hailsboro besaß auch Kapitän Douglas schwarzes Haar, dunkle Augen und eine Kerbe im Kinn. Anders als Wyatt trug der skrupellose Pirat, der Lady Bella trotz ihrer Trauer in sein Bett zwang, jedoch langes Haar, das er zu einem Zopf zusammengebunden trug, wenn es ihm während eines Kampfes nicht wild auf die Schultern fiel.

June hatte Wyatt erst gestern gesehen, als sie den reparierten Mustang an der Tankstelle vollgetankt hatte. Sie hatte ihn begrüßen wollen, doch er hatte typischerweise nur genickt, kurz gebrummt und war dann ohne ein weiteres Wort mit seinem alten Truck weitergefahren. Aus ihm wurde sie einfach nicht schlau. Und sie machte sich viel zu viele Gedanken um ihn.

Anfangs hatte sie ihn für einen typischen Hinterwäldler gehalten, der nicht viel redete, weil er nicht viel zu sagen hatte. Doch ein Blick in seine Augen verriet, dass er nicht der Idiot war, den man so leicht in ihm sehen konnte. Außerdem war diese Einschätzung ziemlich unfair, da auch June schnell als Dummchen abgestempelt wurde, weil sie sich für Klamotten interessierte und eine furchtbare Quasselstrippe sein konnte. Sobald sie zusätzlich erzählte, womit sie ihr Geld verdiente, wurde sie ganz schnell zu einer hohlen Nuss.

Ein weiterer Blick auf den Bildschirm ließ sie frustriert seufzen. Heute klappte einfach gar nichts, dabei lag ihr der Abgabetermin schwer im Magen. Bislang hatte sie nie Probleme gehabt, irgendeine Deadline einzuhalten, aber gerade bei diesem Text, der ihr eigentlich aus den Fingern fließen sollte, verzweifelte sie.

Um sich ein wenig abzulenken, klappte sie den Laptop zu und erhob sich, bevor sie ihr Zimmer verließ. Wenn sie in New York gewesen wäre, hätte sie bei schönem Wetter einen Ausflug in den Central Park gemacht, wäre in ein Museum gegangen oder hätte sich stundenlang in der Bibliothek vergraben. Außerdem wäre es ein Leichtes gewesen, sich den Laptop zu schnappen und sich in ein Café zu setzen, um dort zu schreiben. In Hailsboro war dies nicht möglich. Zwar hätte sie Kate in deren Bäckerei besuchen können, doch auf ein Treffen mit den geschwätzigen Damen hatte sie wirklich keine Lust. In den vergangenen Tagen war sie einige wenige Male den Damen begegnet, die Tante Laura ein Flittchen genannt hatten, und musste sagen, dass sie keine Lust hatte, dies zu wiederholen.

Daher blieb ihr kaum etwas übrig, als sich zu ihrer Großtante zu setzen, die noch immer mit ihrer Halskrause bekleidet auf dem Sofa lag und gerade einen Bollywoodfilm schaute, bei dessen Liedern June eine akute Migräneattacke befürchtete. Tonlos setzte sie sich in einen Sessel und blieb ein paar Minuten neben ihrer Großtante sitzen, die sich heute wenigstens eine Jogginghose und ein T-Shirt angezogen hatte. In den letzten Tagen hatte sie Laura nämlich nicht dazu überreden können, etwas anderes als den furchtbaren rosafarbenen Morgenmantel anzuziehen, der beinahe schon mit ihr verwachsen gewesen war.

Im Grunde verstanden die beiden sich sehr gut. Außerdem hatte Tante Laura ihr nicht übel genommen, dass sie ihren alten Mustang zerbeult hatte. Selbst die Rechnung der Werkstatt hatte Laura bezahlt, ohne dass sie in irgendeiner Form gemurrt hätte. Tatsächlich kam June der Gedanke, dass ihre Großtante momentan sehr bedrückt war, auch wenn sie sie nicht sonderlich gut kannte.

„Bist du mit deiner Arbeit schon fertig, Schätzchen?“

„Mhh“, gab sie zurück und beobachtete das bunte Treiben auf dem Bildschirm. „Fertig bin ich zwar nicht, aber genervt. Wie geht es deinem Hals?“

„Ich bin nicht mehr zwanzig“, gab Tante Laura zur Auskunft, was für June hieß, dass es ihr nicht besonders gut ging, jedoch glücklicherweise nicht so schlecht, dass sie darüber gejammert hätte.

„Vielleicht sagt dir der Arzt morgen, dass du die Halskrause abnehmen kannst."

June hoffte dies inbrünstig, weil es für sie bedeutete, ihrer Rückreise einen großen Schritt näher zu kommen. Abgesehen davon, dass ihre Großtante gerne auf dem Sofa lag und bei ihren Einkäufen Hilfe brauchte, war sie überraschend eigenständig und nicht der hilflose Krüppel, den Junes Mom ihr beschrieben hatte, als sie ihre Tochter ohne große Diskussionen nach Texas geschickt hatte. Eigentlich hätte sie erwartet, ihre Großtante gelähmt in einem Rollstuhl vorzufinden, doch Laura lief humpelnd durch die Gegend, kochte sogar und benötigte – glücklicherweise – nicht einmal Hilfe beim Baden oder Anziehen.

Der älteren Frau war langweilig. Das war der Grund, weshalb June in das Provinznest hatte fahren müssen.

„Ärzte sind Quacksalber", erwiderte ihre Tante schnaubend und griff nach der Fernbedienung, um einen anderen Sender zu suchen.

Voller Horror bemerkte June, dass eine weitere Folge Matlock lief. Ihr rechtes Augenlid begann nervös zu zucken, während Tante Laura einen verzückten Seufzer ausstieß und den ergrauten Rechtsanwalt mit Sternchen in den Augen betrachtete. June verstand nicht, wie man einen Mann anschmachten konnte, der jeden Tag den gleichen Anzug trug und ein wenig wie ein greiser Monchichi aussah. Noch weniger verstand sie, wie man bei der Titelmusik nicht verrückt wurde und tagtäglich die gleichen Folgen sehen konnte. Sollte sie noch länger bei ihrer Großtante bleiben, würde sie sich problemlos als Synchronsprecherin für Matlock eignen und müsste nicht einmal auf das Skript blicken, um ihren Text zu wissen.

„Die Ärzte wollen dich wieder gesund machen, Tante Laura."

„Die Ärzte wollen an mein Geld." Die ältere Frau schielte zu ihr hinüber, was angesichts der Halskrause zu witzig aussah. „Alles Leichenfledderer. Meine Freundin Maureen kam mit einem verstauchten Knöchel ins Krankenhaus. Als sie wieder rauskam, hatte sie nicht nur einen Fuß weniger, sondern war auch noch beraubt worden. Kannst du dir das vorstellen? Irgendjemand hatte ihren Schmuck, ihre Uhr und sogar ihre alte Ledertasche gestohlen Das waren sicher ein paar Ärzte! Die fahren nicht umsonst mit teuren Autos durch die Gegend.“

June zwinkerte irritiert, da ihre Großtante die Tatsache, dass die schäbige Tasche ihrer Freundin abhandengekommen war, sehr viel skandalöser erachtete als einen amputierten Fuß.

„Dein Großonkel – Gott hab ihn selig – hielt nichts von Ärzten ...“

Deshalb ist er auch an einer Blutvergiftung gestorben, überlegte June zynisch, hielt jedoch die Klappe.

Tante Laura rümpfte die Nase. „Er sagte immer: *Warum soll ich Geld darauf verschwenden, mich von Kittelträgern betatschen zu lassen, die mich noch kranker machen, als ich überhaupt bin?* Recht hatte er! Wenn er Zahnschmerzen hatte, ging er in seinen Schuppen, nahm sich eine Zange und zog einfach den Zahn.“

June meinte zu fühlen, wie ihre Gesichtsfarbe einen unnatürlichen Grünton bekam. Sie hatte keine besonders starke Erinnerung an ihren Großonkel, wusste jedoch genau, dass der gute Mann bei seinem Tod kaum noch einen Zahn besessen hatte. Automatisch fuhr sie sich über die Zähne und bekam ein schlechtes Gewissen, weil sie die Routineuntersuchung bei ihrem Zahnarzt schon seit Monaten vor sich herschob.

Kaum dachte sie an Zahnärzte, stieg die Erinnerung an einen schwarzen Schneidezahn und einen aufdringlichen Hillbilly in ihr auf. Noch immer schauderte sie, wenn sie an den schwitzenden Ronny dachte. Vielleicht sollte sie ihn zum Vorbild für den widerlichen Maat des skrupellosen Kapitän Douglas machen.

Hehe! Rache war Blutwurst.

Auf diese Weise hatte sie sich schon oft an jemandem gerächt. Beispielsweise hatte der trottelige Cousin von Lady Bella, mit dem sie im ersten Band verlobt gewesen war, eine frappierende Ähnlichkeit mit Junes arrogantem Schwager, der meinte, seine

Geheimratsecken verstecken zu können, indem er sich einen Seitenscheitel kämmte.

„Dein Großonkel war ein faszinierender Mann“, seufzte Tante Laura plötzlich und riss June aus ihren Gedanken heraus. „Hach! Er war ein richtiger Mann, wenn du verstehst, was ich meine.“

June befürchtete, dass sie genau wusste, was Tante Laura meinte.

„Als wir jung waren, hätte ich ihm stundenlang zusehen können, wie er halbnackt am Haus herumgewerkelt hat. Er sah grandios aus. Stark, kernig ... überall Muskeln. Mein Pa hatte mich mit dem stellvertretenden Geschäftsführer der Molkerei verloben wollen, aber ich wollte deinen Großonkel. Vielleicht hatte er kein Geld, aber dafür war er ein toller Anblick.“

Nervös rutschte June auf dem Sessel hin und her. Wenn Tante Laura nun in ihren Erinnerungen schwelgen wollte, war dies zwar nett, aber Geschichten über das vergangene Liebesleben ihrer über siebzig Jahre alten Großtante zu hören, verfrachtete June vermutlich sehr schnell auf die Couch eines Psychologen.

„Alle Freundinnen waren neidisch auf mich. Ja, ja ... dein Großonkel mochte keine gute Partie gewesen sein, aber er war mit Abstand der fescheste Mann der ganzen Gegend."

„Mhh ..."

„Du solltest dir auch einen feschen jungen Mann suchen, Schätzchen. Und damit meine ich nicht so einen Clown, den deine Schwester geheiratet hat. Du wirst schließlich nicht jünger. Wie alt bist du jetzt?"

„Zweiunddreißig, Tante Laura."

„In deinem Alter war ich bereits seit vierzehn Jahren verheiratet, mein Kind."

June verdrehte die Augen. „In Afrika haben Frauen meines Alters bereits Enkelkinder, dennoch würde ich sie nicht als gesunden Maßstab nehmen."

„Natürlich nicht", erwiderte die ältere Frau streng. „Aber möchtest du nicht auch heiraten und zur Ruhe kommen?"

Da June dank ihres Berufs oftmals bis spät in den Abend ihren Pyjama trug, wusste sie nicht, wie sie noch ruhiger werden sollte. Natürlich erwähnte sie dies nicht, sondern betete den Satz hinunter, den sie auch immer ihrer Mutter sagte, wenn diese das Thema zur Sprache brachte. „Wenn der richtige Mann kommt, dann kommt er. Wenn er nicht kommt, ist das auch okay.“

Tante June schien sie gar nicht gehört zu haben. „Vielleicht liegt es auch am Stadtleben, Schätzchen? Dort tummeln sich viel zu viele verkommene Subjekte. Schau dich lieber auf dem Land um. Hier findest du noch richtig nette Männer, die dich mit Respekt behandeln und keine abartigen Dinge von dir verlangen.“

Da stellte sich ihr die Frage, was Tante Laura für Vorstellungen von Stadtmenschen hatte. Abgesehen davon hielt sie ein solch ländliches Prachtexemplar wie Ronny nicht für das beste Beispiel eines richtig netten Mannes, der sie mit Respekt behandelte.

Schnaubend legte sie daher den Kopf schief. „Nichts für ungut, Tante Laura, aber das Landleben ist nichts für mich.“

„Sag das nicht. Vielleicht verliebst du dich ja in den Richtigen und lässt dich davon überzeugen, hierzubleiben.“

Nur über ihre Leiche.

„Der Reynolds-Junge hat dich nach deinem Unfall doch nach Hause gebracht – wieso verabredest du dich nicht mit ihm? Ihr würdet ein sehr schönes Paar abgeben."

Genau, überlegte sie zynisch, sie wären ganz sicherlich ein schönes Paar, das sich anschwieg, weil einer von ihnen sowieso kaum ein Wort herausbrachte. Ungebeten stieg in ihr die Vorstellung hoch, wie sie neben Wyatt Reynolds vor dem Traualtar stand und kein Ja-Wort von ihm hörte, sondern lediglich ein Brummen.

„Er ist ein sehr stattlicher Mann ..."

„Tante Laura", unterbrach sie ihre Großtante. „Wyatt Reynolds mag ein stattlicher Mann sein, aber es gehört doch noch mehr dazu, sich in jemanden zu verlieben."

„Du kannst dich nicht in ihn verlieben, wenn du dich nicht mit ihm verabredest", erläuterte sie pragmatisch.

Ein wenig spitz erwiderte June daraufhin: „Ich bin hier, um mich um dich zu kümmern und nicht um Dates zu haben."

„Also von meiner Seite lege ich dir keine Steine in den Weg. Wäre es nicht schön, wenn du nach Hailsboro ziehen würdest? Dann hätte ich dich immer um mich.“

Das Gespräch nahm eine Wendung, die June unbedingt verhindern wollte. Aus diesem Grund fragte sie interessiert: „Ach, Tante Laura. Ich wollte dich schon die ganze Zeit fragen, wie es zu deinem Unfall gekommen ist.“

Tante Laura verschloss abrupt das Gesicht, griff nach der Fernbedienung und schaltete den Ton lauter. „Matlock läuft. Bei deinem Gequatsche kann ich ja gar nichts verstehen.“

Grinsend lehnte sich June zurück und war für den Moment zufrieden.

5. Kapitel

„Sieh es positiv“, erklärte June an ihre Tante gewandt, die mit leidender Miene hinter ihr durch den Supermarkt schlich. „Wenigstens hat der Arzt dir nicht deinen Schmuck und deine Tasche gestohlen.“

Tante Laura schnaubte. „Ich habe dir gestern noch gesagt, dass Ärzte Quacksalber sind. Anstatt stundenlang im Auto zu sitzen, stundenlang im Wartezimmer zu sitzen und dann nach einer halben Minute wieder entlassen zu werden, ohne dass ich überhaupt untersucht wurde, hätte ich daheim bleiben können. Der ganze Tag ist ruiniert und die Arztrechnung wird mich in den Ruin treiben!“

June ertrug das Gejammer ihrer Tante nicht mehr und verdrehte die Augen, während sie nach einer Packung Cornflakes griff. Eigentlich hätte sie diejenige sein müssen, die jammerte, schließlich hatte sie ihre Tante in das benachbarte Krankenhaus fahren, mit ihr dort warten und sich auf dem gesamten Heimweg das Gezeter der älteren Frau anhören müssen, das auch dann nicht abbrach, als sie Halt im Supermarkt machten, um einzukaufen. Sehr gerne hätte sie Tante Laura im Auto gelassen und wäre allein durch den Supermarkt gestiefelt, aber da ihre Großtante der Meinung war, dass June die falsche Butter kaufte, wenn sie sie nicht überwachte, trottete nun hinter ihr eine schlecht gelaunte Frau her, die über Ärzte schimpfte und dabei noch immer eine grässliche Halskrause trug.

„Deine Versicherung übernimmt die Arztkosten", antwortete June und hoffte, ihre Tante dadurch zu besänftigen.

„Pah! Dafür werden sie meine Beiträge erhöhen. Diese Geier warten doch nur darauf, dass man krank wird, damit sie anschließend mehr Geld fordern können. Zehn Dollar soll man für ein lausiges Aspirin bezahlen! Zehn Dollar! Weißt du, was man zu meiner Zeit alles für zehn Dollar bekommen hat?"

„Ich schätze, du wirst es mir gleich sagen", murmelte June sich selbst zu und las sich gleichzeitig die Inhaltsstoffe der Cornflakes durch.

„Mit zehn Dollar konnte man eine fünfköpfige Familie eine ganze Woche lang durchfüttern."

„Mhh ... das waren noch Zeiten, als man Sklaven für sich arbeiten ließ und sich die Sonne um die Erde drehte", nuschelte sie so leise, dass ihre Großtante sie nicht verstand.

Dafür schien Wyatt sie verstanden zu haben, der auf der anderen Seite des Regals stand und sie mit gerunzelter Stirn betrachtete.

Erschrocken fuhr sie hoch und kämpfte gegen das Erröten an, als sie ein leichtes Zucken seiner Mundwinkel bemerkte.

„Hallo", murmelte sie und schaute ihm durch das Regal hindurch ins Gesicht.

Er brummte eine Begrüßung, machte jedoch keine Anstalten, einfach wieder zu verschwinden. Stattdessen nickte er höflich und packte seinerseits eine Packung Reis in seinen Einkaufswagen.

Fasziniert betrachtete sie die leicht gekräuselten Mundwinkel und die Vertiefungen in seinen hageren Wangen, die frisch rasiert zu sein schienen. Gott, der Mann hatte Grübchen, wenn er lächelte. June liebte Männergrübchen und musste ein tiefes Seufzen unterdrücken, während sie in seinem Gesicht forschte, das sonnenverbrannt, männlich und eine Spur gefährlich wirkte.

Warum hatte man seinen Laptop nie dabei, wenn man ihn brauchte? Gerade jetzt hätte sie problemlos mehrere Seiten ihres Piratenromans füllen können und keine Skrupel gehabt, ihren Laptop auf das Gefrierfach zu stellen, um von dort aus zu arbeiten, während Wyatt einkaufte.

Leider verließ sie jede Geistesgegenwart in seiner Nähe, weshalb sie wie die letzte Idiotin fragte: „Was kochen Sie denn Schönes? Mit Reis kann man ja allerhand machen. Ich persönlich esse am liebsten Wildreis, obwohl ich den als Kind nicht mochte. Damals hatte ich nämlich einen Hamster und der schwarze Reis erinnerte mich immer an ..." Entsetzt unterbrach sie sich.

June! Du erzählst dem Mann nicht allen Ernstes etwas von Hamsterscheiße, oder?

Am liebsten wäre sie im Boden versunken, als sie sah, wie seine Augen sie ungläubig musterten, bevor er einen Laut ausstieß, der eine Mischung aus dem

Brunftschrei eines Bären und dem krächzenden Lachen eines Papageis war.

„June“, erklang Tante Lauras nörgelnde Stimme. „Wenn wir uns nicht beeilen, verpasse ich Matlock.“

Hätte sie ihre Großtante bloß im Auto gelassen, überlegte June frustriert.

Diese hatte Wyatt nun auch entdeckt und rief erfreut: „Wyatt, warum versteckst du dich denn hinter dem Regal?“

Tatsächlich trat er hervor und begrüßte sie mit rauer Stimme: „Mrs. Greenfield.“

„Du kennst ja schon meine Großnichte June, oder? Wie ich gehört habe, hast du dich nach ihrem kleinen Missgeschick um sie gekümmert. Das war ja so lieb von dir!“

Es fehlte nicht viel und Tante Laura hätte den sichtlich distanzierten Wyatt abgeknutscht. Für eine Frau mit einer Halskrause bewies sie ein ausgeprägtes Selbstbewusstsein, als sie den Mann, der in Arbeitskleidung und mit einem Einkaufskorb im Arm vor ihnen stand, breit anlächelte und Junes Wange tätschelte.

„June kümmert sich sehr rührend um mich. Heute will sie mir einen Apfelkuchen backen. Möchtest du nicht vorbeikommen?“

Junes Augen rundeten sich entsetzt. „Tante Laura!“ Entschuldigend blickte sie den baumlangen Mann an, der schweigend die Stirn runzelte. „Es tut mir leid. Meine Tante kommt gerade vom Arzt und ist noch nicht ganz bei sich. Sie sind natürlich nicht eingeladen, also ... also ich meine, dass Sie selbstverständlich eingeladen sind, wenn Sie wollen. Aber wenn Sie nicht wollen, dann ist das okay. Sie ...“

„Ich komme“, brummte er kurz angebunden.

„Siehst du“, erwiderte Tante Laura triumphierend. „Kein Mann sagt zu einer hübschen Frau nein, wenn sie ihm auch noch Apfelkuchen backt.“

Sie war kurz davor, ihre Tante trotz der Halskrause zu erdrosseln, wurde davon jedoch abgehalten, als eine keifende Stimme hinter ihnen ertönte.

„Laura Greenfield! Was tust du hier, du Flittchen?“

Eher neugierig als entsetzt drehte sich June um und entdeckte Alma Steiner, die einem Panzer gleich durch den Supermarkt walzte und das mit Abstand scheußlichste Kleid trug, das June außerhalb einer Mormonengemeinde jemals gesehen hatte. Wenigstens harmonierte das Schwarz perfekt mit dem Hexenhaar, das sie sogar auf einige Meter Abstand deutlich erkennen konnte.

War denn niemand in der Lage, der Frau zu sagen, dass man eine Pinzette auch dafür gebrauchen konnte?

Hinter der mehr als korpulenten Alma trottete ein dürrer Mann entlang, der einen Rollator vor sich herschob und ebenfalls eine Halskrause trug.

Plötzlich kam June ein furchtbarer Verdacht und sie schaute zurück zu ihrer Großtante, die leichenblass geworden war, jedoch ebenfalls sehr schrill auf die Anschuldigung reagierte.

„Wen nennst du hier Flittchen, Alma Steiner? Pack dir selbst an die Nase!“

„Dass du dich überhaupt noch in die Stadt traust, ist eine Frechheit! Man sollte dir die verlogene Zunge herausschneiden.“

Okay, das war ganz sicher nicht ihre Baustelle, entschied June und trat einen Schritt zurück, wobei sie mit ihrer Hüfte den Einkaufskorb des wortkargen

Mannes streifte, den ihre Großtante auf so eloquente Weise zum Apfelkuchen eingeladen hatte.

Dieser brummte, schien aber auch keine Anstalten zu machen, die Arena zu verlassen.

Und eine Arena war gar nicht so abwegig, da sich Tante Laura und Alma Steiner beinahe Nase an Nase gegenüberstanden, während der gebrechliche Mann mit dem Rollator hinter Alma Position bezogen hatte und ziemlich dämlich aus der Wäsche schaute.

„Vierzig Jahre hast du mich belogen, du Miststück!“

„Du hättest ihn beinahe umgebracht! Rupert nimmt Beta-Blocker ...“

„Auf seiner Beerdigung hast du neben mir gesessen und mich getröstet, du falsche Schlange.“

„Das tut nichts zur Sache! Wir waren jung und dumm, aber was du dir mit meinem Rupert geleistet hast ...“

„Er hat sich nicht beklagt.“

„Natürlich hat er das nicht“, blaffte Alma los. „Er hatte schließlich seine Zähne nicht drin! Was hätte er denn sagen sollen?“

Wenn sie sich nicht täuschte, ging es hier um den ominösen Unfall ihrer Großtante, in den allem Anschein nach auch der unglückliche Rupert verwickelt gewesen war – und June wollte bei allem, was ihr heilig war, keine Einzelheiten wissen. Während Tante Laura und Alma sich die größte Mühe gaben, sich völlig zu blamieren, und June sich sicher war, dass die beiden älteren Frauen keine Waffen zur Hand hatten, legte sie den Kopf zurück, um in Wyatts Miene zu sehen, die keine Regung zeigte, was angesichts der keifenden Frauen an ein Wunder grenzte.

„Wenn Sie immer noch Lust auf ein Stück Apfelkuchen haben, würde ich vorschlagen, dass Sie so gegen vier Uhr kommen. Würde Ihnen das passen?"

Wie nicht anders zu erwarten gewesen war, sagte er kein Wort, sondern nickte lediglich.

Mit sechzehn Jahren hatte June ihren ersten Freund mit nach Hause gebracht und war ein nervliches Wrack gewesen, weil die Spanische Inquisition nicht schlimmer gewesen sein konnte. Damals hatten sie im Wohnzimmer ihrer Eltern gesessen, während die grauenvolle Schwarzwalduhr, die ihre Großmutter von ihrer Deutschlandreise mitgebracht hatte, im Sekundentakt getickt hatte. Der arme Robert hatte sich beinahe in die Hose gemacht und gleichzeitig den trockenen Sandkuchen ihrer Mom in sich hineingestopft, um einen guten Eindruck zu machen. Junes Dad hatte dies nicht sonderlich beeindruckt, da er Robert über eine Stunde lang schweigend angestarrt hatte.

Die Atmosphäre war von daher sehr angespannt gewesen und Junes Magen hatte verrückt gespielt.

Auch jetzt mit zweiunddreißig Jahren spürte sie, wie sich ihr Magen nervös zusammenzog, als Wyatt Reynolds, wortkargster Bewohner Hailsboros, ihr gegenüber am Esstisch ihrer Großtante saß und artig den Blick senkte, sobald Tante Laura einhändig den Kuchen anschnitt, den June unter ihrer Aufsicht gebacken hatte.

Zweifelnd nagte sie auf ihrer Unterlippe herum und hoffte, dass der Kuchen etwas geworden war, weil sie sich nicht erinnern konnte, jemals etwas gebacken zu haben. Vorsichtig hob sie den Blick und stellte fest, dass Wyatts dunkle Augen nicht auf dem verlockend duftenden Apfelkuchen ruhten, sondern ihre Lippen fixierten, was dazu führte, dass ihre Wangen augenblicklich rot wurden.

„Der Kuchen riecht sehr gut, Mrs. Greenfield."

Ihre Kinnlade fiel beinahe hinunter, da Wyatt ohne Vorwarnung den Mund aufmachte und mehr als ein einfaches Brummen von sich gab.

Tante Laura schien dies jedoch nicht aufzufallen. Sie klimperte lieber mit den Wimpern und stieß ein mädchenhaftes Kichern aus. „Das Lob gebührt meiner lieben June."

Die liebe June hatte keine Ahnung, was sie sagen sollte, und hob automatisch ihren Teller hoch, als Tante Laura ihr ein Stück Apfelkuchen geben wollte.

„June kann ganz vorzüglich kochen, musst du wissen, Wyatt."

June konnte alles andere als vorzüglich kochen, was Tante Laura wissen musste, schließlich hatte sie sich in den vergangenen zwei Wochen mehrfach darüber beschwert. Anscheinend wollte sich ihre Großtante als Kupplerin betätigen und machte dabei keine gute Figur, da sowohl June als auch Wyatt das Spiel schnell durchschaut hatten.

Mit einem tadelnden Blick auf ihre Großtante erklärte June: „Wenn man vorzüglich kocht, indem man Mikrowellengerichte zubereitet, bin ich Paul Bocuse."

Tante Laura schnappte nach Luft, da sie ihre Pläne anscheinend torpediert sah. „June! Also wirklich ..."

„Ganz besonders gut kann ich Backofenpizza zubereiten", führte sie aus und spießte mit ihrer Gabel ein Stück Apfelkuchen auf, während sie Wyatt zunickte, der sie interessiert musterte.

„Das stimmt nicht", wehrte sich Tante Laura. „Was ist mit dem Hackbraten, den du vorgestern gemacht hast? Du weißt ja, dass Männer Hackbraten lieben."

June schnitt eine Grimasse. „Mein Hackbraten war angebrannt. Du hast geschimpft, dass ein unschuldiges Schwein sein Leben lassen musste, um als verkohlter

Hackbraten zu enden, bevor du ihn ins Klo gekippt hast. Anschließend haben wir Frühlingsrollen aufgetaut und gegessen.“

„Haha.“ Tante Laura lachte nervös. „Unsere June. Immer für einen Spaß gut.“

Wie es schien, fand Wyatt das komisch, weil sich seine Mundwinkel zu einem nahezu perfekten Lächeln bogen und Grübchen in seinen Wangen sichtbar wurden.

„Wyatt? Wissen Sie, was ich überhaupt nicht kann?“

„Nein“, brummte er.

Gespielt ernsthaft deutete sie auf sich. „Autofahren, schweigen und kochen. Außerdem habe ich noch nie einen Dingo gehäutet.“

„Also ... June.“ Tante Laura war absolut verwirrt und bekam im ganzen Gesicht hektische Flecken. „Erzähl Wyatt doch lieber, wie erfolgreich du bist.“

Warnend zischte sie ihrer Großtante zu: „Tante Laura ...“

„Unsere June ist nämlich eine berühmte Autorin. Sie schreibt ganz viele Bücher.“

„Tatsächlich?“ Der Mann mit dem rot-schwarz karierten Hemd neigte den Kopf zur Seite.

June holte tief Luft und erläuterte ungeduldig: „Ich bin Ghostwriterin und schreibe Schnulzenromane für andere Autorinnen, wenn ich nicht die Drehbücher für völlig hirnrissige Fernsehsendungen verfasse. Vielleicht kennen Sie ja mein neuestes Werk – es heißt *Freibeuter meiner Lust* und handelt von der schönen Lady Bella, die sich in den Piraten James verliebt.“

Als er ernst blieb und wortlos den Kopf schüttelte, hätte sie ihn merkwürdigerweise küssen können.

Allein Tante Laura hatte noch nicht begriffen, worum es ging, weil sie ständig ansprach, wie großartig es doch war, dass June eigenes Geld verdiente und Schriftstellerin war. Um ihrer Mutter später nicht erklären zu müssen, warum sie deren Tante umgebracht hatte, eskortierte June Wyatt aus dem Haus, nachdem dieser seinen Kuchen verputzt hatte. Sollte ihre nörgelnde Großtante doch lieber eine weitere Folge Matlock schauen, entschied sie und seufzte erleichtert auf, als sie neben dem schweigsamen Wyatt in Richtung seines Trucks lief.

„Ich hoffe, dass meine Großtante Sie nicht allzu sehr genervt hat. Sie meint es nicht böse und ist einfach zu euphorisch, wenn sie Besuch hat.“

Da er kein Wort sagte, sondern ein schwaches Brummen von sich gab, vergrub sie die Hände in den Taschen ihrer Shorts, als sie an seinem Truck ankamen.

„Wenn man die magische dreißig erreicht hat, versuchen alle Freunde und Verwandten einen zu verkuppeln. Tante Laura stellt leider keine Ausnahme dar. Hoffentlich war es Ihnen nicht unangenehm, dass Sie zum Kuchenessen vorbeikommen sollten. Wie Sie bemerkt haben, war das mein erster Versuch ... nun ja, abgesehen von einem Kuchenbasar auf der Highschool, aber das ist schon ewig her. Damals hat sich niemand beschwert, aber ...“

Erschrocken schnappte sie nach Luft, als Wyatt sie plötzlich an sich zog und den Kopf senkte, um sie zu küssen. Wie erstarrt stand sie dicht an ihn gepresst und blinzelte überrascht, bevor sie die Augen schloss und den rauen Kuss erwiderte, der ihr bis in die Zehenspitzen fuhr. Mit wackeligen Knien umfasste sie seine Oberarme und öffnete den Mund, während sie tief in der Kehle stöhnte. Auch wenn sein Gesicht hart und rau wirkte, war sein Mund überraschend weich.

Nicht mehr fähig, einen klaren Gedanken zu fassen, schmiegte sie sich an ihn und küsste ihn wie entfesselt.

Erst das Geräusch seines schweren Atems brachte sie einige Zeit später wieder zur Besinnung. Wie benommen schaute sie in sein Gesicht und fragte, ohne nachzudenken: „Wieso hast du mich geküsst?“

„Weil ich es schon die ganze Zeit tun wollte.“

Seine dunkle Stimme ließ ihr eine Gänsehaut über den ganzen Körper laufen. „Und warum hast du es erst jetzt getan?“

„Weil du ständig mit reden beschäftigt warst.“

Grinsend beschloss June, dass sie fortan öfter die Klappe halten sollte, bevor sie sich auf die Zehenspitzen stellte, um ihn ein weiteres Mal zu küssen.

6. Kapitel

Ihr unstetes Herz flatterte in ihrer Brust, als Kapitän Douglas sie mit all der männlichen Kraft, die in ihm strotzte, an seinen Körper zog. Bella wollte sich gegen die Gefühle wehren, die der barbarische Mann in ihr weckte, und versuchte mit aller Macht, das Antlitz ihres Geliebten in sich hinauf zu beschwören. Sie trug James' Vermächtnis in sich, und seine brennende Liebe würde sie davon abhalten, sich dem Kapitän zu ergeben, dessen Hemd weitaufklaffte und den Blick auf dunkle Brusthaare auf olivfarbener Haut freigab. Bella spürte, wie das Blut in ihren Ohren rauschte, während sie mit trockener Kehle beiseite sah.

Als ihr das imposante Bett gewahr wurde, das hinter dem Kapitän stand und darauf wartete, zur Liebesstatt ihrer beiden Körper zu werden, musste sie ein Zittern unterdrücken. Ihr Herz schrie nach James, ihrem Geliebten, um den

sie seit der Stunde seines Todes trauerte. Warum war das Schicksal bloß so grausam gewesen?
Sein Gesicht verschwamm in ihrer Erinnerung. War es tatsächlich schon so lange her, dass sie seinen liebevollen Blick gespürt hatte? Seine zärtlichen Hände gefühlt hatte? Seine feurigen Küsse genossen hatte?
Sobald sie wieder aufblickte, fuhr ihr der dunkle Blick ihres Feindes durch Mark und Bein. Kapitän Douglas wickelte eine Strähne ihres blonden Haares um seine Faust und senkte das Gesicht zu ihrem. Urplötzlich lächelte er und tiefe Grübchen erschienen in seinen Wangen. Es war das erste Mal, dass er lächelte, wie Bella staunend bemerkte. Wenige Augenblicke später küsste er sie und schenkte ihr den sinnlichsten Kuss, den sie jemals empfangen hatte.

„June, der Verlag möchte nun einmal ein ähnliches Thema wie deine Freibeuter-Reihe veröffentlichen und ist bereit, einen sehr guten Preis zu bezahlen."

„Aber ich habe dir beim letzten Vertrag schon klipp und klar gesagt, dass ich etwas anderes schreiben möchte, sobald der dritte Teil von Lady Bella erschienen ist, Angie", gab June seufzend von sich und lief auf der Veranda ihrer Großtante auf und ab.

Im Haus war es gerade unerträglich, da Tante Laura eine neue Folge des Bachelors schaute und in ihr Taschentuch flennte, weil Charmeur und angeblicher Gefäßchirurg Flynn der schüchternen Sally keine Rose geschenkt hatte. Gottergeben verdrehte June die Augen. Diese vermeintliche Realityshow war nicht nur nach Drehbuch aufgezeichnet worden, sondern bestand aus Models, Schauspielerinnen und Amateurdarstellern, die einfach mal ins Fernsehen wollten und ein Casting durchlaufen hatten. Tante Laura glaubte jedoch noch immer an die große Liebe und war zutiefst getroffen, dass Sally, die vermutlich kaum Einschaltquoten eingebracht hatte, dem Tittenwunder Lulu hatte weichen müssen.

„Dann sag mir doch bitte, was du schreiben möchtest. Ein Drama? Einen Thriller? Einen Krimi?“

Nachdenklich fuhr sie sich über die Lippen und gab zögernd zu: „Ich weiß es nicht. Mein Manuskript ...“

„Dein Manuskript ist gut, June. Sehr gut. Aber niemand wird es lesen wollen. Daher wird es sich auch nicht verkaufen, was wiederum bedeutet, dass kein Verlag es in sein Programm aufnehmen wird.“

June blieb stehen und lehnte sich gegen die Brüstung der Veranda. Zwar war ihr nicht kalt, dennoch schlang sie den linken Arm um ihre Mitte. „Aber du meinst, dass es gut ist.“

„Ja“, erklärte ihre Agentin ungeduldig. „Aber wir werden es nicht vermitteln können.“

„Wenn du es gut findest, werden es auch die Leser gut finden und kaufen.“

Angie seufzte auf. „Weißt du, was die Menschen lesen wollen? Sie wollen Geschichten mit einem Happyend lesen. Manuskripte wie deines sind hervorragend, aber es ist eine zu schwere Kost für den Durchschnittsleser, der abends nach Hause kommt und mit einem Buch abschalten will. Der Durchschnittsleser will entweder einen seichten Krimi lesen oder einen Liebesroman, bei dem er nicht viel nachdenken muss."

Ärgerlich runzelte June die Stirn, da Angie die Leser wie absolute Idioten beschrieb, die entweder zu dumm oder zu faul zum Nachdenken waren. Natürlich dienten Bücher dazu, den Alltag zu vergessen und in eine andere Welt einzutauchen, aber derart pauschal zu sagen, dass alle Leser kein Interesse an sogenannter schwerer Kost hatten, war definitiv falsch.

„Du schreibst tolle Romane, die gerne gelesen werden, June. Außerdem verdienst du damit dein Geld. Was willst du mehr?"

Sie wollte ernst genommen werden, aber das schien ihrer Agentin egal zu sein.

Die Idee zu dem Buch, das sich seit Jahren in ihrer Schublade befand, war gut – richtig gut. Das wusste June und sie wollte das Manuskript auch einer breiten Leserschaft zugänglich machen. Dabei dachte sie nicht daran, damit reich und berühmt zu werden, sondern wollte einfach eine Geschichte erzählen. Romane über Lady Bella waren schön und gut, aber es musste doch noch mehr geben.

„Kannst du nicht verstehen, dass ich nicht nur Skripts für irgendwelche TV-Sendungen oder Piratenromane schreiben möchte?“

„Ich kann dich verstehen, June, aber als deine Agentin muss ich daran denken, was für deine berufliche Perspektive die beste Lösung ist. Wie weit bist du denn mit dem dritten Teil der Freibeuter-Reihe?“

Komischerweise lief es mit Lady Bella und dem dunkelhaarigen Kapitän Douglas wie am Schnürchen. Sie würde nur noch einige wenige Kapitel schreiben müssen und wäre dann fertig. Seitdem sie den wortkargen Wyatt Reynolds kannte und als Vorbild für ihren neuesten Protagonisten missbrauchte, schaffte sie am Tag bis zu dreißigtausend Wörter, was absoluter Rekord war. Und seitdem sie wusste, wie gut dieser *Hinterwäldler* küssen konnte, machten ihr nicht einmal die Liebesszenen zu schaffen, durch die sie sich normalerweise quälen musste.

Momentan schrieb sie voller Elan, wie sich Lady Bella und der Kapitän regelmäßig ihrer Leidenschaft hingaben, und dachte dabei an Wyatt. Nach ihrem Kuss vor drei Tagen hatte sie ihn nicht gesehen und hätte ihn gerne angerufen, wenn sie seine Nummer gekannt hätte. Nicht dass sie damit gerechnet hätte, ein Gespräch mit ihm zu führen, aber sie hätte ganz gerne wenigstens ein Brummen von ihm gehört.

Dumpf erklärte sie an ihre Agentin gewandt: „In ein paar Tagen müsste ich damit fertig sein."

„Prima, dann kann ich dir ja die Mail des Verlags für das nächste Buch schicken."

„Angie ..."

„Schau es dir einfach an und melde dich dann bei mir. Ich zähle auf dich."

Als es in der Leitung klickte, fluchte June und war kurz davor, ihr Handy in die Ecke zu pfeffern. Das Geheule, das aus dem Inneren des Hauses kam und sie daran erinnerte, dass ihre Großtante vermutlich noch immer den Bachelor sah, brachte sie dazu, zu einem Spaziergang aufzubrechen. Normalerweise wäre sie lieber in den Pub gegangen, aber ohne Begleitung lief sie Gefahr, auf Ronny und seinen schwarzen Schneidezahn zu treffen.

„Oh Flynn! Sally passt viel besser zu dir als Lulu!"

June verdrehte die Augen und floh von der Veranda, bevor Tante Laura sie dazu zwang, sich ebenfalls diesen hirnverbrannten Quatsch anschauen zu müssen.

Als ein zerbeulter Truck neben ihr anhielt, schaute June mit einer Mischung aus Nervosität und Freude auf. Wyatt saß fragend hinter dem Steuer seines Wagens und hatte beide Augenbrauen in die Höhe gezogen.

Scherzhaft wollte sie wissen: „Ist das hier nicht der Weg zum See?“

Er schüttelte den Kopf, erwiderte jedoch nichts. Stattdessen zuckten seine Mundwinkel. Wunderbar. Die Hauptsache war, dass er sich über sie lustig machen konnte.

Seufzend trat sie einen Schritt näher. „Wo ist denn der See?“

Überraschenderweise ließ er sich sogar dazu hinab, etwas zu sagen. Wie immer, wenn er sprach, lief ihr ein Schauer über den Rücken.

„Komm rein.“

Das ließ sie sich nicht zweimal sagen und setzte sich auf den Beifahrersitz, nachdem er von innen die Tür für sie geöffnet hatte. „Danke, Wyatt. Ich wollte nur einen kleinen Spaziergang machen und wusste plötzlich nicht mehr, wie ich zurück zum Haus meiner Großtante komme.“

Da er nicht antwortete und ihr noch immer die Erinnerung an ihren Kuss durch den Kopf geisterte, musterte sie ihn verstohlen von der Seite. Vor drei Tagen hatte er sie geküsst und seither kein Lebenszeichen von sich gegeben. June gab es nicht gerne zu, aber sie hatte keine Ahnung, was das zu bedeuten hatte.

„Wie geht's deiner Großtante?“

Überrascht starrte sie ihn einen kurzen Moment an, bevor sie schulterzuckend erklärte: „Nach ihrem Gejammer zu schließen, steht sie kurz vor ihrem Tod, doch tatsächlich erholt sie sich erstaunlich schnell.

Gerade schaut sie den Bachelor und ist tieftraurig, weil ihre Favoritin keine Rose bekommen hat.“

Sein Blick sagte ihr, dass er keine Ahnung hatte, wovon sie sprach.

„Der Bachelor ist eine Fernsehsendung, in der ... nun ... das ist nicht besonders wichtig.“ Neugierig musterte sie die unbefestigte Straße, auf der sie fuhren. „Geht es hier zum See?“

„Nein.“

„Oh. Ist das etwa der Weg zu meiner Großtante?“

„Nein.“

Naserümpfend verschränkte sie die Arme vor der Brust. „Wyatt, manche Frauen mögen es vielleicht charmant finden, wenn ein Mann nur vor sich her brummt und kaum ein Wort sagt, aber ich komme mir ziemlich albern vor, wenn ich dir jede Information aus der Nase ziehen muss.“

Er lachte!

Er lachte tatsächlich. Heiser, unterdrückt und auf jeden Fall belustigt.

„Wyatt ...“

„Wir fahren zu mir.“

„Oh ...“ June hielt es genau eine halbe Sekunde aus, bevor sie herausplatzte: „Warum? Ich meine ... du hättest wenigstens mal anrufen können! Männer tun so etwas normalerweise, nachdem sie eine Frau geküsst haben.“

Brummend erwiderte er: „Frauen geben Männern normalerweise auch ihre Telefonnummer, nachdem sie sich von ihnen küssen ließen.“

Ziemlich einfallslos blinzelte sie ihm zu. „Oh.“

„Ich war gerade auf dem Weg zu dir.“

Wow! So viele Wörter hintereinander hatte sie noch nie von ihm gehört. Mit klopfendem Herzen verschränkte sie die Hände im Schoß. „Und was wolltest du bei mir?“

Mit todernster Miene erklärte er: „Hackbraten.“

June brauchte einen Moment, um zu begreifen, dass er sie auf den Arm nahm. Schnaubend versetzte sie ihm einen freundschaftlichen Klaps gegen den Oberarm. „Sehr komisch.“

Das Schmunzeln auf seinem Gesicht begleitete sie den weiteren Weg zu einer alten Ranch, bei deren Anblick es June den Atem verschlug. Ein Haus, das sie an die Ponderosa-Ranch aus Bonanza erinnerte, stand idyllisch vor einem Wäldchen und sah aus wie die Werbeaufnahme für einen Urlaubskatalog. Einzig und allein ein Schaukelstuhl auf der Veranda fehlte, dachte June vergnügt und stieg aus, als Wyatt vor dem Haus anhielt.

„Hier wohnst du?“

„Ja“, entgegnete er ruhig und kam um das Auto herum, um sich neben sie zu stellen und ihrem Blick zu folgen, mit dem sie die hölzerne Fassade und den gemauerten Kamin betrachtete.

„Es ist wunderschön, Wyatt.“

„Mein Großvater hat es erbaut.“ Seine raue Stimme klang leicht melancholisch. „Willst du einen Kaffee?“

„Gerne.“

Im Inneren des Hauses erwartete sie eine weitere Überraschung. Neben der erstaunlich modernen Einrichtung waren es vor allem die vielen Umzugskartons, die sich an den Wänden stapelten und darauf zu warten schienen, ausgepackt zu werden.

„Ziehst du um?“ June blieb im Flur des Hauses stehen und betrachtete erstaunt die unzähligen

Buchkartons, die sie magisch anzogen. Ohne Wyatt zu beachten, der sie zu beobachten schien, trat sie einen Schritt näher und nahm die Buchrücken in Augenschein. Sie wollte sich ihre Verwunderung nicht ansehen lassen, als sie bemerkte, dass sich Autoren wie James Joyce, Alexander Solschenizyn und Salman Rushdie unter den Büchern befanden.

„Ich hatte noch keine Zeit, alles auszupacken", erwiderte er schlicht.

June erhob sich wieder und drehte sich neugierig zu ihm um. „Wann bist du denn eingezogen?"

„Vor ein paar Monaten", brummte er. „Willst du Milch und Zucker in deinen Kaffee?"

Das war auch eine Methode, um das Thema zu wechseln, dachte sich June und schmunzelte. „Nur etwas Zucker bitte."

Er nickte und verschwand nach links.

Amüsiert ließ June ihre Blicke über die holzvertäfelte Decke wandern und schlenderte ihm langsam hinterher. Da sie sich von ihrem schweigsamen Gastgeber nicht ins Bockshorn jagen ließ, fragte sie an seinen breiten Rücken gewandt, als sie die Küche betrat: „Wo hast du vorher gewohnt?“

„Chicago.“

„Oh.“ Überrascht legte sie den Kopf schief. „Wie lange hast du dort gelebt?“

Nach einer kleinen Pause brummte er: „Acht Jahre.“

„Acht Jahre?“ June war erstaunt. Chicago war eine der größten Städte der USA und hatte über neun Millionen Einwohner. Jemand, der dort acht Jahre gelebt hatte, war alles andere als ein Hinterwäldler. „Und warum bist du wieder zurück nach Hailsboro gezogen?“

Mit einem Seufzen sackten seine Schultern hinab. Kurz darauf drehte er seinen Kopf in ihre Richtung und fragte halb ernst, halb belustigt: „Wie wäre es erst einmal mit einem Kaffee?“

„Kaffee macht mich noch geschwätziger“, fügte sie hinzu und trat auf ihn zu. „Willst du das Risiko eingehen?“

„Noch geschwätziger?“ Er schüttelte den Kopf und funkelte sie aus dunklen Augen belustigt an. „Wie soll das denn gehen?“

„Dann solltest du mich nie betrunken erleben, denn dann rede ich mich um Kopf und Kragen.“ Leichthin zuckte sie mit der Schulter. „Ich plaudere nun einmal gerne. Viele Menschen finden das charmant.“

„Charmant?“ Er reichte ihr eine Kaffeetasse, die sie dankend entgegennahm.

„Natürlich ist das charmant“, echauffierte sie sich gespielt beleidigt und lehnte sich mit der Hüfte gegen die Kochinsel, während sie an dem heißen Gebräu nippte.

„Süß.“

Sein tiefes Grollen ließ sie irritiert aufblicken. „Wie bitte? Hast du süß gesagt?“

„Mhh.“ Zwar sah er nicht auf, sondern fixierte seinen Kaffee, als wäre dies die interessanteste Erfindung seit dem Rad, jedoch lächelte er breit.

„Findest du mich süß?“

„Nur wenn du wie ein Wasserfall redest“, gab er von sich.

Geschmeichelt lächelte sie zurück und war zum ersten Mal seit langer Zeit sprachlos.

Wie nicht anders zu erwarten gewesen war, hielt ihr Schweigen jedoch nicht lange an. June trank einen Schluck des aromatischen Kaffees und fragte anschließend: „Also? Warum bist du zurück nach Hailsboro gezogen?“

„Gegenfrage: Warum will Lady Bella unbedingt zu James zurück? Sie hat ihm geschworen, ihn zu hassen, bevor Kapitän Harris sie entführt hatte.“

Fassungslos starrte sie ihn an. „Was?“

Er zuckte mit der Schulter. „Ich habe *Freibeuter meiner Lust* gelesen. Wie geht es weiter?“

„Was?!“

„Keine Ahnung, was du hast“, brummte er und stellte seine Tasse weg. „Ich fand es gut. Manchmal etwas kitschig, aber gut geschrieben und die Sexszenen waren verdammt heiß.“

Beinahe wäre ihr die Tasse aus der Hand gefallen. „Was?“

„Einzig die anatomischen Bezeichnungen fand ich merkwürdig. Sein *feuriger Speer* war noch halbwegs akzeptabel, aber *Lustgrotte*? Ich hätte mich fast gekringelt vor Lachen."

Dass sich ausgerechnet Wyatt vor Lachen kringeln konnte, war nur schwer vorstellbar. Ebenso schwer vorstellbar war, dass er tatsächlich ihren Roman gelesen hatte – ein Buch, von dem sie dankbar war, dass es nicht unter ihrem Namen erschienen war. Oh Gott, wenn sie daran dachte, was in dem Piratenschinken alles stand, bekam sie ein flaues Gefühl in der Magengegend. Noch flauer wurde ihr nur, als ihr einfiel, dass ihm – sollte er jemals den dritten Teil der Reihe lesen – die Ähnlichkeit zwischen sich und dem ruchlosen Kapitän Douglas sofort auffallen würde.

„Du hast das Buch tatsächlich gelesen?", krächzte sie aufgebracht.

„Natürlich." Mit ernster Miene verschränkte er die Arme vor der Brust. „Dank Expresslieferung war es gestern da. Nachts um drei war ich damit fertig. Wann kommt der zweite Teil raus?"

„Im Oktober", antwortete sie automatisch und schüttelte kurz darauf verwundert den Kopf, um bedeutungsvoll in Richtung Flur zu zeigen. „Sind das im Flur nicht deine Bücher?“

„Doch.“

„Aber ... aber ... ich habe Joyce und Rushdie bei deinen Büchern gesehen.“

„Und?“

Stirnrunzelnd leckte sie sich kurz über die Lippen. „Du liest Ulysses und die satanischen Verse *und* findest einen Piratenroman gut?“

„Warum nicht?“ Wyatt zuckte mit der Schulter. „Du schreibst wirklich gut, June. Ich habe mich ein paar Stunden phantastisch unterhalten.“

Hilflos sah sie ihn an. „Findest du?“

„Natürlich.“

Auch sie stellte die Kaffeetasse beiseite. „Ich habe das Gefühl, nichts anderes mehr schreiben zu können.“

„Was willst du denn schreiben?“

„Ich weiß nicht.“

Wyatt lächelte schief. „Aha.“

„Jeder denkt, dass ich weiter über Lady Bella schreiben soll.“

„Und das willst du nicht.“ Das war keine Frage, sondern eine Feststellung.

Ahnungslos zuckte sie mit der Schulter. „Piratenromane und Drehbücher sind okay, aber ...“

„Aber?“

„Aber sie erfüllen mich nicht. Es muss doch noch etwas anderes geben!“

Er nickte verständnisvoll. „Woran hast du gedacht?“

June schluckte trocken. „An etwas ... etwas Bedeutungsvolles. Einen Roman, der etwas bewirkt.“

Als er auf sie zukam und beide Hände auf ihre Schultern legte, hatte sie plötzlich Probleme, einen klaren Gedanken zu fassen.

„Und du meinst, dass ein Piratenroman nichts bewirkt?“

Ihre Mundwinkel fielen hinab. „Willst du mich auf den Arm nehmen?“

„Hey.“ Er klang brummig und gleichzeitig pragmatisch. „Lady Bella und James erfreuen sicherlich viele Leserinnen, die sich bestens unterhalten fühlen. Ist das schlecht?“

„Es ist nicht Salman Rushdie.“

„Salman Rushdie sollte kein Maßstab sein. Immerhin ist ein Kopfgeld auf ihn ausgesetzt worden und er lebt im Untergrund.“

Sie seufzte auf. Rushdie war vermutlich nicht das beste Beispiel, das sie ihm geben konnte.

Mit ruhiger Stimme fuhr er fort: „June, mach das, was dir Spaß macht.“

Das war leichter gesagt als getan. Bewegungslos forschte sie in seinem Gesicht und bemerkte, dass sein Blick auf ihre Lippen fiel. Plötzlich waren alle Gedanken an Lady Bella, ihre Agentin oder das liegen gebliebene Manuskript in ihrer Schublade vergessen. Langsam stellte sie sich auf die Zehenspitzen und presste ihren Mund auf seinen.

Mehr schien gar nicht nötig zu sein, um Wyatt auf andere Gedanken zu bringen, da seine Hände augenblicklich von ihren Schultern zu ihrem Gesicht fuhren, um dieses zu umfassen, während er sie küsste. Sie schmolz regelrecht dahin und presste sich an seinen Körper, während ihre Finger sein Jeanshemd aufknöpften.

Schwer atmend löste er seinen Mund von ihrem und flüsterte mit heiserer Stimme: „Was tust du da?"

„Das, was mir Spaß macht."

Als er nicht antwortete, sondern sie lediglich anstarrte, überlegte June, ob sie einen Fehler gemacht hatte. Doch einen kurzen Augenblick später packte er sie und hob sie hoch, als wäre sie eine Feder.

„Gut", erwiderte er schlicht und machte sich daran, ihr auch die obere Etage zu zeigen.

7. Kapitel

June war im ersten Moment ein wenig orientierungslos und starrte auf die Holzdecke über sich, während sie sich in die weiche Decke kuschelte, in die sie sich hoffnungslos verheddert hatte. Mit einem zufriedenen Seufzer schloss sie die Augen und vergrub das Gesicht in dem weichen Kissen, das sie mit beiden Armen umklammerte.

Das Bett, in dem sie nach hemmungslos gutem Sex eingenickt war, roch nach einer Mischung aus Mann und Zedernholz – bislang war ihr nicht klar gewesen, dass jedes Parfum dieser Welt nicht mit diesem Geruch mithalten konnte.

Zu gerne hätte sie weiter darüber sinniert, wie kuschelig Wyatts Bett war, wie wunderbar rau sich seine Hände auf ihrer nackten Haut anfühlten oder wie wild sein Herz an ihrer Brust schlug, wenn er sie nach einem atemberaubenden Höhepunkt an sich zog und das Gesicht in ihrem Haar vergrub, aber die Tatsache, dass sie allein wach geworden war, störte sie. June war eine postkoitale Kuschlerin und hätte sich gerne an den

Mann geschmiegt, der zwar auch im Bett kaum einen Ton von sich gab, doch dafür umso geschickter war, ihr die lautesten Schreie zu entlocken, die sie jenseits einer Achterbahnfahrt von sich gab.

Mit einem Gähnen drehte sie sich auf die Seite und blinzelte zu der Uhr, die auf seinem Nachttisch stand. Wie es schien, hatte sie nicht besonders lange geschlafen, da es erst kurz vor acht Uhr abends war.

Langsam setzte sie sich auf und ignorierte die prickelnden Stellen an ihrem Körper, denen sich Wyatt mit großer Hingabe gewidmet hatte. Lächelnd strich sie mit dem Daumen über die Haut an ihrem Schlüsselbein, die sich ein wenig empfindlich anfühlte, nachdem er mit seinen Bartstoppeln mehrfach darüber hinweggefahren war.

Nachdem June ihre nackten Füße aus dem Bett geschoben hatte, griff sie nach dem karierten Hemd, das über dem Sessel neben dem Bett lag, und schlüpfte hinein, bevor sie ihr Höschen vom Fußboden fischte und auch dieses wieder überzog.

Da sich ihre Beine ein wenig wackelig anfühlten, setzte sie vorsichtig einen Fuß vor den anderen und schlich auf nackten Sohlen durch das gemütliche Schlafzimmer, bevor sie in die untere Etage lief und dem verlockenden Duft nach Eiern und Speck folgte. Sobald sie die Küche betrat, blieb sie im Türrahmen stehen und betrachtete mit einem breiten Grinsen, wie Wyatt nur mit einem alten Paar Jeans bekleidet am Herd stand und ihr den Rücken zugewandt hatte.

Ihr *Hinterwäldler* war eine absolute Augenweide, entschied sie nachdrücklich. Allein die lange Kerbe seines Rückgrats und die breiten Muskelflächen waren ein Bild für die Götter, doch der knackige Hintern, den sie selbst durch den Stoff seiner tiefsitzenden Jeans ausmachen konnte, war an Perfektion nicht zu überbieten.

Als hätte er ihre Anwesenheit gespürt, drehte er den Kopf in ihre Richtung und schaute sie aus dunklen Augen amüsiert an. „Hunger?“

„Ein wenig“, erwiderte June zwinkernd und betrat die Küche.

Da sein Anblick zu verlockend war, drückte sie ihm einen Kuss auf das Schulterblatt und bewunderte das zerzauste schwarze Haar, das sich in seinem Nacken lockte.

„Ist das mein Hemd?“, brummte er fragend.

„Ja.“ June tätschelte ihm einen Moment lang den Hintern und erklärte salopp: „Du weißt doch, dass ich New Yorkerin bin. Wir reißen uns alles unter den Nagel, was wir sehen. Dein Hemd fiel ebenfalls in diese Kategorie.“

Einen kurzen Augenblick lang sagte er kein Wort, bevor er absolut trocken entgegnete: „Ich dachte, dass New Yorkerinnen verdammt schlechte Autofahrerinnen wären, die hilflose Trucks über den Haufen fahren.“

„Nur mittwochs, du Spaßvogel.“ Sie verdrehte die Augen. „Warum hast du mich nicht geweckt?“

„Weil du geschlafen hast.“ Wyatt deutete auf einen Stapel Teller in einem Regal. „Gibst du mir mal zwei Teller?“

Das tat sie zwar, bohrte jedoch weiter. „Du hättest mich wecken können, Wyatt.“

„Das hätte ich auch noch getan.“

„Wirklich?“ Misstrauisch reichte sie ihm einen Teller und ignorierte die besonders gute Sicht auf einen

Waschbrettbauch, der mehr als erfreulich anzusehen war.

„Ja."

„Ich kuschle gerne nach dem Sex", erklärte sie verdrossen. „Als ich wachgeworden bin, warst du nicht da, dabei hätte ich gerne ein paar Kuscheleinheiten bekommen."

Zwar antwortete er nicht, doch sein Glucksen sagte ihr, dass er sie nicht sonderlich ernst nahm.

„Ich meine es ernst, Wyatt. Allein nach dem Sex in einem fremden Bett aufzuwachen, ist total billig. Wärst du da gewesen, dann ... dann ..."

„Dann müsstest du jetzt auf Eier mit Speck verzichten", entgegnete er pragmatisch und reichte ihr einen Teller.

„Mhh", murmelte sie grantig. „Du willst mich nicht verstehen."

„Doch." Der Kuss, den er ihr auf die Stirn presste, versöhnte sie ein wenig,

Gespielt großzügig seufzte sie auf. „Okay. Aber beim nächsten Mal weckst du mich, bevor du aus dem Bett türmst."

„Jawohl, Ma'am." Er schaufelte sich den restlichen Speck auf den Teller und schaltete den Herd aus, bevor er ihr den Teller wieder abnahm und beide in Richtung der hinteren Veranda trug.

„Willst du etwa draußen essen?"

Wie es Wyatts Art war, nickte er schweigend und betrat vor ihr eine hölzerne Veranda, von der man den Blick auf eine riesige Wiese und einen Wald dahinter hatte. Die Frau in ihr schmolz beinahe dahin, weil der Platz auf der Veranda absolut romantisch wirkte, aber die Städterin dachte an die Mücken, die sie bei lebendigem Leib verspeisen würden.

„Meinst du, dass das eine gute Idee ist?"

June beobachtete aus dem Türrahmen heraus, wie er beide Teller auf einen kleinen Tisch stellte, während der Schein einiger Laternen, die er anscheinend vorher schon angezündet hatte, ein weiches Licht produzierte. Unsicher nagte sie auf ihrer Unterlippe herum und suchte die dunkle Nacht nach einem Aufblitzen blutdurstiger Mücken ab, doch selbstverständlich konnte sie nichts erkennen und hörte bis auf die nächtlichen Geräusche der Natur kein verräterisches Summen.

„Hast du Angst, dass dich ein Wolf angreift?“ Er nickte ihr zu, wie sie sich hinter dem Türrahmen versteckte, und zog fragend beide Augenbrauen in die Höhe.

„Mit Wölfen kann ich umgehen.“ Stöhnend schob sie das Kinn nach vorne. „Ich denke nur an die Mücken.“

„Daran sieht man, dass du eine Städterin bist.“ Kopfschüttelnd verschränkte er die Arme vor der nackten Brust, bevor er grinste. „Hast du wirklich Angst vor ein paar Mücken?“

Da er sich über sie lustig machte, verengte sie kritisch die Augen. „Vor *ein paar* Mücken? Als Teenager war ich die Hauptattraktion eines Mücken-Barbecues und möchte das jetzt ganz gerne vermeiden.“

Glucksend erklärte er: „Sonst hast du so eine große Klappe und jetzt traust du dich nicht aus dem Haus?“

„Hallooo!“ June schnalzte mit der Zunge. „Erstens habe ich keine große Klappe – jedenfalls nicht immer – und zweitens traue ich mich sehr wohl aus dem Haus, wenn ich weiß, dass nicht unzählige Mücken auf mich warten, um sich an meinem Blut zu erfreuen."

„Oje", brummte er und kam auf sie zu, um ihre Hand zu nehmen und sie auf die Veranda zu führen.

Widerstandslos ließ sie sich von ihm nach draußen führen und wunderte sich über das zufriedene Gefühl, das in ihr aufstieg, als seine große Hand ihre hielt und sich nicht nur wunderbar warm sowie rau anfühlte, sondern sie auch nicht augenblicklich losließ. Stattdessen blieb er vor ihr stehen, betrachtete sie einen kurzen Augenblick und küsste sie beinahe zögernd, was irgendwie sehr niedlich war.

Wyatt Reynolds war ein baumlanger Mann, der finster wirkte und Schwierigkeiten hatte, mehr als zwei Sätze hintereinander zu sprechen. Tatsächlich könnte man sein Verhalten als ziemlich abweisend beschreiben, wenn man davon absah, wie lieb und fürsorglich er sich ihr gegenüber benahm.

Oder wie selbstlos er sich im Bett verhielt.

„Garantierst du mir Mückenfreiheit?"

Wortlos nickte er, um anschließend ruhig zu erwidern: „Falls du trotzdem gestochen wirst, küsse ich jeden Mückenstich weg. Versprochen.“

„Wie kann ich dazu schon nein sagen?“, murmelte sie und setzte sich auf den Stuhl, den er ihr zurechtrückte, bevor er eine warme Hand in ihren Nacken legte und sich zu ihr hinabbeugte.

„Hätte nicht dein Magen so laut geknurrt, als wir im Bett lagen, wäre ich gerne noch liegen geblieben.“

„Oh.“ Unsicher legte sie den Kopf zurück und sah mit geröteten Wangen zu ihm hoch. „Wirklich?“

„Mhh.“ Er nickte ernst und fixierte ihren Mund. „Nach dem Essen können wir wieder hochgehen, und ich verspreche auch, nach dem Sex zu kuscheln.“

Mit einem geheimen Lächeln senkte sie wieder den Blick, biss sich auf die Unterlippe und murmelte: „Dann ist ja gut.“

Ein warmes Gefühl stieg in ihr auf, als er ihr einen Kuss aufs Haar drückte und sich anschließend auf seinen Stuhl setzte. Es war nicht einfach, aber June schaffte es, ein träumerisches Seufzen zu unterdrücken.

Sie konnte sich nicht daran erinnern, ob sie jemals zuvor in einem Männerhemd und nur mit einem Höschen bekleidet auf einer Veranda bei Mondschein gesessen hatte, um Eier und Speck mit einem Mann zu essen, von dem sie so gut wie nichts wusste, außer dass er einen breit gefächerten Buchgeschmack besaß und ein kleines sternenförmiges Muttermal auf der linken Hüfte hatte.

Beide aßen ihr unkonventionelles Abendessen und schwiegen dabei einträchtig. Komischerweise hatte sich June noch niemals so wohl gefühlt und verspürte nicht das Bedürfnis, irgendeine Nervosität durch sinnloses Geplapper zu überspielen. Stattdessen lehnte sie sich entspannt zurück und genoss den Blick auf die ruhige Nacht.

Als hätte er ganz ähnliche Gedanken gehabt, meinte er nach einer Weile: „In der Stadt gibt es so etwas nicht."

„Mhh?"

Wyatt deutete auf das friedliche Schauspiel der Natur. „Das hier. Auf einer Veranda zu sitzen und in die Nacht zu schauen, ohne Verkehrslärm hören zu müssen."

„Du bist ja ein Poet", schmunzelte sie erstaunt.

„Ich bin Realist." Er zuckte mit der Schulter. „Die Stadt ist die Stadt."

„Natürlich ist die Stadt manchmal etwas laut", gab June zu.

„Manchmal?"

Sie verdrehte die Augen. „Okay. Die Stadt ist immer laut, aber deshalb ist sie nicht unbedingt schlecht."

„Hat auch niemand gesagt", brummte Wyatt und streckte seine Beine von sich.

June runzelte einen kurzen Moment die Stirn, bevor sie nachhakte: „Du hast sowohl in der Stadt als auch hier auf dem Land gelebt. Was gefällt dir besser?"

„Ich wohne auf dem Land ..."

„Und?"

„Das sollte doch genug verraten."

Mit einem trockenen Schnauben sah sie ihm ins Gesicht. „Nichts für ungut, Wyatt, aber wenn jemand so gut wie nichts über sich selbst verrät, dann bist das doch du."

Wieder bestand seine Antwort lediglich aus einem Brummen, was sie mittlerweile äußerst charmant an ihm fand.

„Was magst du denn am Landleben so sehr?"

Er warf ihr einen langen Blick zu. „Es ist ruhig."

„Ha." Nicht im Mindesten eingeschüchtert lachte sie auf. „Soll das eine Anspielung sein? Hast du mir nicht gesagt, dass du es süß findest, dass ich wie ein Wasserfall plappere?"

Sein Grollen war beinahe Gold wert.

„Als wir in deinem Bett lagen, hattest du nichts dagegen, dass ich ohne Unterlass geredet habe. Nun ja ... es war kein richtiges Reden. Eher ein Stöhnen."

„June?"

Lächelnd nickte sie. „Ja?"

„Iss."

„Jawohl, Sir." Sie führte die Gabel an den Mund und wollte gerade essen, als sie es sich wieder anders überlegte. „Jetzt mal im Ernst, Wyatt. Wenn du acht

Jahre in Chicago gelebt hast, kannst du es dort doch nicht so schlecht gefunden haben."

Frustriert legte er sein Besteck weg und fuhr sich durch sein bereits zerzaustes Haar. „Chicago ist okay. Hailsboro ist okay. Ich mag die Stadt und ich mag das Land."

„Sehr aufschlussreich", murmelte June. „Also ich könnte mir nicht vorstellen, das Stadtleben aufzugeben, um ganz aufs Land zu ziehen. Aber ich bin ja auch in einer Stadt aufgewachsen. Du kommst vom Land und siehst das vielleicht anders."

Ganz der alte Wyatt erwiderte er nichts, sondern starrte sie finster an. Sie fühlte sich bemüßigt, ihn zu besänftigen, und lächelte weich, während sie in die dunkle Nacht deutete. „Aber du hast Recht. Einen so schönen Blick gibt es bei uns nicht."

Da er noch immer nicht antwortete, erhob sie sich und setzte sich einfach auf seinen Schoß, um ihm die Arme um den Hals zu schlingen und schmeichlerisch zu lächeln.

„Habe ich wieder zu viel geredet?"

Das Brummen, das er von sich gab, verstand sie als Zustimmung. Belustigt vergrub sie das Gesicht an seiner Schulter und presste einen Kuss auf seine warme Haut.

„Es tut mir leid“, nuschelte sie in der Hoffnung, dass er ihr Glucksen nicht hörte.

Auch wenn Wyatt noch immer etwas distanziert wirkte, sagte seine Hand, die er unter das Hemd schob und auf ihrem Hintern platzierte, dass er bereits dabei war, seine Gedanken in eine andere Richtung schweifen zu lassen.

Trotzdem grollte er: „Dein Essen wird kalt.“

Anstatt darauf einzugehen, rückte sie auf seinem Schoß hin und her, hob den Kopf und lächelte entschlossen. „Weißt du, was der Vorteil ist, auf dem Land zu leben?“

Sie wartete seine Antwort gar nicht ab, sondern ließ seinen Nacken los und begann damit, die winzigen Knöpfe ihres Hemdes aufzuknöpfen. „Man kann Sex im Freien haben, ohne wegen Exhibitionismus angezeigt zu werden.“

Er brummte etwas Unverständliches und fixierte die Reihe weißer Knöpfe, die June mit langsamen Bewegungen öffnete.

„Und man kann beim Sex so laut sein, wie man will. Es gibt keine Nachbarn, die wegen Ruhestörung die Polizei anrufen“, murmelte sie und schob das Hemd von ihrer nackten Schulter.

Als er endlich sprach, war seine Stimme heiser. Heiser und sexy. „Was ist mit den Mücken?“

„Hat ein Landei wie du etwa Angst vor Mücken?“ June beugte sich vor und biss ihm sanft in die Schulter. „Keine Sorge. Falls dich die Mücken stechen, küsse ich alle Mückenstiche weg.“

8. Kapitel

Bella saß in der Kajüte des Mannes, den sie zu hassen geschworen hatte, und fürchtete sich beinahe zu Tode. Doch sie fürchtete sich nicht vor ihm, sondern stand schreckliche Angst um ihn aus. Draußen tobte der mit Abstand schlimmste Sturm, den sie jemals erlebt hatte, und Douglas hatte das Ruder übernommen, um sein Schiff, seine Männer und sie aus der Gefahrenzone zu manövrieren. Bei dem Gedanken, dass eine Welle ihn über Bord spülen und in die eisigen Tiefen des Meeres ziehen könnte, setzte ihr Herz für einen Moment aus.

Konnte das Schicksal so grausam sein und ihr ein weiteres Mal einen geliebten Mann rauben? Noch immer plagten sie Alpträume um James' Tod, doch wenn sie schreiend aufwachte, war dort Douglas, der sie in seine starken Arme nahm und beruhigte. Bella wollte ihn nicht verlieren und wusste, dass die

Wunden, die ihr sein Verlust zufügen würde, niemals heilen könnten.

Er war ihr Geliebter. Ihr Retter.

Wo noch vor kurzer Zeit Finsternis geherrscht hatte, war nun Licht – allein seinetwegen.

Der Gedanke, ihren dunkelhaarigen Geliebten mit den feurigen Augen und dem Dämonenblut in den Adern verlieren zu können, war unerträglich. Noch gestern Nacht hatte sie ihm beim Schlafen zugesehen und sich gefragt, wie es möglich sein konnte, so glücklich zu sein. Mit zärtlichen Fingern hatte sie seinen Körper erkundet, war über das sternenförmige Muttermal auf seiner Hüfte gefahren und hatte sich von ihm auf den Rücken drehen lassen, als er plötzlich erwacht war ...

„Also? Du und Wyatt?"

„Ja. Wyatt und ich", antwortete June schlicht auf Kates Frage und lächelte inwendig.

Sie saßen an einem Picknicktisch beim alljährlich stattfindenden Sommerfest der Stadt und warteten darauf, dass Hugh und Wyatt vom Grill kamen, um sie mit etwas Essen zu versorgen, während neben ihnen eine Picknickdecke ausgebreitet war, auf der die beiden Zwillingsmädchen des Ehepaares in friedlicher Eintracht saßen und spielten. Der sechsjährige Ryan tobte irgendwo mit seinem besten Freund Mattie herum, dessen Eltern ihn in Kates Obhut gelassen hatten, da Matties Mom, die Kinderärztin Sam, hochschwanger war und ein wenig Ruhe brauchte.

Alles in allem war es ein absolut ruhiger und entspannter Tag, wenn man davon absah, dass Tante Laura gute drei Stunden gebraucht hatte, um sich ausgehfertig zu machen. Mittlerweile war sie nicht nur die Halskrause los, sondern musste auch keinen Gips mehr tragen, dennoch hielt sie das nicht davon ab, Junes allumfassende Hilfe in Anspruch zu nehmen. Momentan saß sie in einem geblümten Sommerkleid neben ihrer Freundin Bessie und unterhielt sich mit ihr. June hoffte inständig, dass sie nicht auf Alma Steiner traf. Nach ihrem Zusammentreffen im Supermarkt vor gut einem Monat waren die beiden sich aus dem Weg gegangen, doch June hatte keinen Schimmer, was passieren würde, wenn Alma auf dem Picknick auftauchte.

„Jetzt beeil dich, bevor die Männer zurückkommen“, unterbrach Kate ihre Gedankengänge und grinste breit. „Ich will alles wissen.“

„Da gibt es nicht viel zu wissen.“ Sie zuckte mit der Schulter und konnte dem Drang nicht widerstehen, die letzten Krümel der himmlischen Pistazienmacarons ihrer Freundin zu essen. Mittlerweile war sie schon genauso süchtig nach ihnen wie Tante Laura, die sie beinahe täglich verschlang. Vermutlich hatte sie deshalb auch ein Kleid gewählt, dessen Schnitt verhüllen sollte, dass sich einiges an ihrer Hüfte getan hatte.

„Du bist mit Wyatt zusammen, June! Ich finde das bemerkenswert. Wie ist es dazu gekommen? Wer hat den ersten Schritt gemacht? Sprecht ihr auch miteinander oder ...?“

„Kate.“ June lachte auf. „Es ist ja nicht so, als wären wir erst seit gestern ein Paar. Du weißt doch, dass wir schon seit ein paar Wochen miteinander ausgehen. Seit drei Wochen, um genau zu sein."

„Ja, und seit drei Wochen hatten wir keine Zeit, uns miteinander zu unterhalten."

June fuhr sich durch ihr blondes Haar und strich sich eine widerspenstige Strähne aus der Stirn. „Es ist doch nicht so bemerkenswert, dass wir uns gut verstehen. Wyatt ist ... er ist ..." Mit einem Lächeln sah sie zurück zum Grill, an dem Wyatt neben Hugh stand und konzentriert das Grillgut betrachtete.

„Er ist heiß. So viel habe ich mitbekommen", erklärte Kate halb belustigt, halb ungeduldig. „Der Sex scheint also gut zu sein."

Irritiert nahm June die beiden kleinen Mädchen in Augenschein, die jedoch kein Interesse an der Unterhaltung ihrer Mutter hatten. „Gut ist gar kein Ausdruck."

„Hach." Schmachtend klimperte Kate mit den Wimpern. „Junges Glück. Wie schön."

Grinsend nickte June. „Ja, sehr schön."

„Vom Sex einmal abgesehen, wie versteht ihr euch sonst?"

„Sehr gut.“ Verwirrt blinzelte sie ihr zu. „Wir würden uns sicherlich nicht täglich sehen und Zeit miteinander verbringen, wenn wir uns nicht verstehen würden, oder?“

„Ja, aber ... versteh mich nicht falsch, denn ich mag Wyatt, aber er sagt kaum mehr als ein einziges Wort.“

„Doch“, prustete June. „Manchmal sind es sogar zwei.“

„Komm schon“, grummelte ihre Freundin und verschob den verrutschten Kragen ihrer Bluse. „Wyatt ist nun einmal sehr schweigsam.“

„Ich weiß. Das mag ich“, erwiderte June und konnte nicht anders, als verlegen die Augen zu senken.

Kate stöhnte. „Heißt das, dass ihr euch nicht unterhaltet?“

„Doch.“ Unsicher hob sie eine Hand. „Ich weiß nicht, wie ich das sagen soll. Wyatt mag schweigsam sein, aber er hört mir wirklich zu – und du weißt, dass ich viel rede.“

„Oh ja, das wissen wir alle.“

Sie schnitt eine Grimasse. „Ich meine es ernst. Bisher habe ich mit ihm die interessantesten Gespräche meines Lebens geführt. Er sagt nicht viel, aber alles, was er von sich gibt, ist wichtig."

„Himmel, bist du verknallt", erwiderte Kate mit einem Glucksen in der Stimme.

Augenblicklich wurde June knallrot. „Kate!"

„Ich bin davon ausgegangen, dass der Sex phänomenal ist und du dir einen kleinen Flirt mit ihm erlaubst, aber wie es scheint, bist du wirklich verliebt in ihn."

„Ist das etwa so außergewöhnlich?", fragte June verlegen. Unverblümt erklärt zu bekommen, dass man in den Mann verliebt war, der einen gerade intensiv ins Gesicht sah, während er darauf wartete, sich Schweinekoteletts auf den Teller laden zu können, verursachte ein absolutes Gefühlschaos in ihrem Inneren. War sie in Wyatt verliebt? Ganz sicher. Sie konnte es nicht erwarten, bei ihm zu sein, und wartete stets darauf, sein humorvolles Lächeln zu sehen, das ihr weiche Knie bescherte.

„Das ist überhaupt nicht außergewöhnlich, aber mir stellt sich die Frage, was du tun willst."

„Mhh?"

Ungeduldig verdrehte Kate die Augen. „Hast du mir nicht vor wenigen Wochen gesagt, dass du dir nicht vorstellen kannst, aufs Land zu ziehen? Irgendwann willst du doch sicherlich zurück nach New York. Und dann?“

Das hatte sie sich in den vergangenen Tagen selbst gefragt. Sie war Städterin und liebte das Großstadtleben. Andererseits gab es einige Dinge, die sie nicht vermisste, wenn sie genau darüber nachdachte. Der permanente Krach, bei dem sie nicht arbeiten konnte und der ihr schon des Öfteren Kopfschmerzen verursacht hatte, war nur ein Beispiel der Dinge, auf die sie gut und gerne verzichten konnte. Schreiben konnte sie sowieso überall, aber ganz aufs Land ziehen? June befürchtete, innerhalb weniger Wochen verrückt zu werden.

Da sie sich mit Wyatt erst seit einigen wenigen Wochen traf, war diese Entscheidung sowieso noch nicht aktuell. Wer sagte außerdem, dass nicht Wyatt nach New York ziehen konnte, wenn es zwischen ihnen ernster wurde? Er könnte sein wunderschönes Haus mit der gemütlichen Veranda und dem großen Kamin sicherlich vermieten. Irgendjemand würde sich ganz sicher finden, der die paradiesische Ruhe und den traumhaften Ausblick zu schätzen wüsste. Natürlich müssten sie eine größere Wohnung in New York finden, da sie in ihren eigenen vier Wänden nicht einmal einen weiteren Schuhkarton unterbringen könnte.

„Erde an June."

„Was?"

Kate schüttelte lachend den Kopf. „Du warst total in Gedanken versunken. Denkst du schon an einen Umzug nach Hailsboro?"

„Ach." Sie winkte lässig ab. „Wir sind noch lange nicht an einem Punkt, an dem wir uns darüber Gedanken machen müssten."

„Das kommt schneller, als du denkst."

„Kate", antwortete sie amüsiert. „Wyatt und ich kennen uns seit nicht einmal zwei Monaten."

„Ich sage dir ja nur, wie es ist." Die andere Frau lehnte sich wissend zurück und deutete auf die beiden dunkelhaarigen Männer, die mit Tellern beladen an den Tisch traten.

„KitKat, ich hoffe, dass du in den nächsten Tagen kein eigenes Barbecue geplant hast“, ächzte ihr Mann Hugh und stellte zwei schwer beladene Teller auf den Picknicktisch.

„Wieso?“

„Weil es scheint, als ob alle Rinder und Schweine des gesamten Staates für diesen Anlass geschlachtet worden wären.“ Er setzte sich neben seine Frau und schüttelte fassungslos den Kopf. „Ich esse gerne Fleisch, aber nach heute werde ich vermutlich Vegetarier werden. Wo ist Ryan?“

„Der spielt irgendwo mit Mattie.“

„Gut, dann bleibt mehr Guacamole für mich übrig“, entgegnete er zufrieden und begann, sich zwei Schweinekoteletts und ein halbes Kilogramm des grünen Dips auf den Teller zu laden, während er wortreich davon sprach, dass die ganze Stadt an Herzverfettung und Diabetes sterben würde, wenn es so weiterginge. Dies hielt ihn jedoch nicht davon ab, genießerisch in ein fettiges Stück Fleisch zu beißen.

Im Gegensatz zum geschwätzigen Hugh schwieg Wyatt und setzte sich neben June, der er einen Arm um die Hüfte schlang und ihr einen wissenden Blick schenkte, als er ihr mit der anderen Hand einen Maiskolben auf den Teller legte.

„Danke", flüsterte sie und küsste ihn auf die hagere Wange, in der sich augenblicklich ein Grübchen bildete.

Er gab ein sanftes Brummen von sich und streichelte über ihre Hüfte, bevor er ihr eine Serviette reichte und auf ihren Mund starrte.

„Ihr beide seid einfach nur süß", seufzte Kate, bevor sie ihrem Mann, der selbstvergessen an einem Knochen nagte, in die Seite stieß. „Warum bist du nicht so süß?"

„Weil ich Hunger habe", schmatzte er und zwinkerte vertraulich. „KitKat, du kennst mich, seit ich auf der Welt bin. Wenn ich Hunger habe, kann ich nicht süß sein. Wenn ich satt bin, mache ich alles, was du willst."

„Wie verlockend", ächzte sie. „Was soll ich schon mit einem vollgefressenen Mann anfangen?"

„Ich habe dir drei entzückende Kinder geschenkt, also mach mal halblang." Seine Stimme klang geradezu gutmütig, während er sich ausgiebig der Guacamole widmete.

Seine Frau betrachtete ihn mit hochgezogener Augenbraue. „Du redest von Sex. Ich möchte doch nur, dass du süß bist, du Perversling."

„Okay", seufzte er dramatisch, packte seine Frau und verfrachtete sie prompt auf seinen Schoß, um sie enthusiastisch zu küssen.

Kates erschrockenes Keuchen ging in ihrem schrillen Gelächter unter. „Nicht, Hugh! Du hast überall Sauce hängen!"

Ihr lieber Ehemann ließ sich davon nicht abhalten.

June hätte sicherlich gelacht, wenn sie nicht daran gedacht hätte, dass die hübsche Bluse ihrer Freundin den Fettflecken und Saucenangriffen hoffnungslos unterlegen war. Kate würde das gute Stück nie wieder sauber bekommen.

Anscheinend waren ihre Gedanken um Kates Bluse ihr kleinstes Problem, da sie ein paar Sekunden später zwei wütende Stimmen vernahm, die bei den Besuchern des Sommerfestes wunderbar zu hören waren, was vermutlich auch damit zusammenhing, dass alle Stimmen verstummten.

Erschrocken drehte sie sich um und musste mit ansehen, wie Alma Steiner auf Tante Laura zugetrampelt kam, während sie mit dröhnender Stimme schrie: „Flittchen! Du hast mir den Mann gestohlen!“

„Alma Steiner“, brüllte ihre Großtante nach einer Schrecksekunde zurück und klang nicht weniger wütend als die andere Frau. „Ich habe dir nicht deinen Mann gestohlen! Den Trottel kannst du gerne behalten!“

„Wen nennst du hier einen Trottel?“

„Dein Rupert ist ein Trottel, ein Volltrottel! Wenn er nicht gewesen wäre, hätte ich mir nicht das Handgelenk gebrochen!“

Alma Steiner nahm die Gesichtsfarbe einer Pute kurz vor der Schlachtung an, auch wenn sie beileibe nicht den dünnen Hals des Tieres vorweisen konnte. „Du hast ihn beinahe umgebracht! Mein Rupert wäre nie zu so etwas Schändlichem bereit gewesen, wenn du ihn nicht verführt hättest!“

„Dein Rupert musste nicht lange überredet werden“, schnaubte Tante Laura verächtlich. „Er hat nur darauf gewartet, wenn du mich fragst.“

„Das nimmst du zurück!“ Alma ging mit erhobenen Fäusten auf Tante Laura los, die sich ebenfalls erhob.

„Oje“, murmelte June alarmiert und wollte aufstehen, als Wyatt sie festhielt.

„Wyatt“, flüsterte sie und wollte seine Hand wegschieben, als er mit zusammengepressten Lippen den Kopf schüttelte.

„Bleib lieber sitzen“, raunte ihr Kate zu. „Den Ladys würde ich mich nicht in den Weg stellen.“

„Aber ...“

Tante Lauras Stimme dröhnte über den gesamten Platz. „Du bist eine Heuchlerin, Alma! Vor vierzig Jahren hast du es mit meinem Mann getrieben und stellst dich jetzt als das Opfer dar!“

Alma schnappte entsetzt nach Luft. „Wie ... wie kannst du es wagen ...“

„Wie kannst *du* es wagen? Damals wolltest du Alan und mich aus Eifersucht auseinanderbringen und unsere Hochzeit sabotieren. Als das nicht ging, hast du Rupert geheiratet und unseren Streit ausgenutzt, um dich an meinen Mann heranzumachen. *Du* bist hier das Flittchen!“

Verwundert blinzelte June. Wer hätte gedacht, dass außerhalb von Realityshows und täglichen Soaps solche Geschichten auch in Kleinstädten passierten.

Stotternd schüttelte Alma den Kopf, bevor sie herausplatzte: „Das ist über vierzig Jahre her!“

„Das macht es nicht besser. Du wolltest mir nur eins auswischen, weil Alan mich wollte und nicht dich!“

„Ich war jung und dumm.“ Alma streckte ihren Zeigefinger aus und deutete auf Tante Laura, wobei sie eine frappierende Ähnlichkeit zu der Meerhexe Ursula aus Arielle die Meerjungfrau bewies. „Mit dreißig Jahren macht man Unsinn, aber du bist über siebzig und solltest dich schämen, was du mit dem armen Rupert gemacht hast.“

„Wenn dein armer Rupert nicht das Gaspedal mit der Bremse verwechselt hätte, wäre nichts passiert!“

„Doch“, kreischte Alma. „Dann hättest du trotzdem sein Würstchen im Mund gehabt und dann würde er sich trotzdem von mir scheiden lassen, weil er sich einbildet, in dich verliebt zu sein!“

Ein Raunen ging über den kompletten Platz, bevor ein lautstarkes Tuscheln einsetzte.

June hörte davon nichts mehr. Seit sie Almas Bemerkung über das Würstchen im Mund ihrer Großtante vernommen hatte, stand sie kurz vor einer Ohnmacht und starrte im blanken Horror zu den beiden älteren Damen, die sich gegenüberstanden und angifteten. Jetzt machte es auch Sinn, weshalb Tante Laura ihr niemals erzählt hatte, wie es zu dem Autounfall gekommen war, bei dem sie sich das Handgelenk gebrochen und die Wirbelsäule verstaucht hatte. Allein der Gedanke, dass ihre über siebzig Jahre alte Großtante dem alternden Mann von Alma Steiner in dessen Auto einen Blowjob gegeben hatte, löste in June das Bedürfnis aus, sich selbst wie einem Dingo die Haut abzuziehen.

Wer hatte ihr noch einmal erzählt, dass Landeier prüde und das Kleinstadtleben langweilig sei?

Ungläubig fragte Tante Laura: „Rupert will sich scheiden lassen?"

„Ja." Alma Steiner brach vor allen Menschen in Tränen aus. „Er sagt, er kann nur noch an dich denken ..."

„Oh Gott, es tut mir so leid." Auch Tante Laura brach in Tränen aus. „Ich war doch so einsam, Alma. Und Rupert war so nett zu mir. Wenn ich gewusst hätte ..."

„Es ist nicht deine Schuld", klagte die andere Frau und heulte los. „Wenn ich mich nicht geweigert hätte ... *du weißt schon* ... zu tun, dann ..."

Plötzlich lagen sich beide Frauen in den Armen und heulten um die Wette, während sie gegenseitig beteuerten, wie leid es ihnen doch tat.

Mit dem Gefühl, in einer Irrenanstalt auf Besuch zu sein, drehte sich June zu Kate, Hugh und Wyatt um, die weder entsetzt noch überrascht zu sein schienen.

„Was ... ich meine ... wie ... was geht hier vor?"

„Kleinstadtleben." Hugh zuckte mit der Schulter. „Du solltest mal sehen, was Weihnachten hier los ist."

„Aber ... aber meine Großtante hat ... oh Gott!“ Sie schüttelte sich kurz und starrte Wyatt in die Augen, die belustigt funkelten. „Wyatt, das ist nicht komisch! Meine über siebzig Jahre alte Großtante hat ... hat ...“ Sie senkte die Stimme, um Rücksicht auf die beiden kleinen Mädchen neben sich zu nehmen, und flüsterte aufgebracht: „Sie hat einem Mann von mindestens achtzig Jahren in dessen Auto einen Blowjob gegeben!“

„Rupert ist erst achtundsiebzig“, warf Kate ein.

Hugh gluckste. „Stanley, der Rettungssanitäter, meinte, dass Rupert nicht zum Ende kam. Anscheinend war er so ... äh ... abgelenkt, dass er auf das Gas trat und mit seinem Auto gegen einen Baum gefahren ist. Ich sage nur: Autsch.“

Vor lauter Entsetzen schlug sich June die Hände vors Gesicht. „Das ist nicht wahr. Das ist nicht wahr! Meine Großtante ist Witwe und sie ist über siebzig, verdammt noch mal. Ein Blowjob! In einem Auto! So etwas tut man nicht!“

Wyatt, dieser Komiker, beugte sich zu ihrem Ohr und raunte: „Und das sagt die Frau, die Bücher wie *Freibeuter meiner Lust* schreibt?“

„Wyatt“, knirschte sie zwischen zusammengebissenen Zähnen. „Das ist nicht komisch!“

„Was ist nicht komisch?“, fragte Hugh interessiert nach.

„Nichts“, erwiderte sie hastig. „Nichts.“

Glücklicherweise hielt Wyatt die Klappe und verstieg sich darauf, amüsiert vor sich hin zu kichern.

9. Kapitel

„Darf ich dich etwas fragen, June?“

„Sicher.“ Sie blickte auf und musterte Wyatt, der am anderen Ende des Sofas saß und vertieft in ihrem neuesten Manuskript las.

Nachdem es in den vergangenen Wochen entsetzlich heiß gewesen war, regnete es seit zwei Tagen wie verrückt, so dass sie sich dazu entschieden hatten, bei ihm zuhause zu bleiben und sich auf das Sofa zu fläzen. Leider war es noch viel zu warm, um den Kamin anzumachen, den June schon seit Wochen sehnsüchtig anstarrte. Sie konnte sich nur allzu gut vorstellen, wie gemütlich und romantisch es sein musste, an kalten Abenden zusammen mit Wyatt auf der Couch zu sitzen und sich das Feuer anzusehen. Daher hätte sie momentan alles für einen Schneesturm gegeben, der sie dazu zwang, zusammen in seinem Haus zu bleiben und den ganzen Tag nichts anderes zu machen, als vor dem Kamin zu liegen und Sex zu haben.

Nicht, dass sie zu wenig Sex hätten. Ganz sicher nicht! Wyatt mochte nicht zu der extrovertierten Sorte gehören, doch schüchtern war er nicht. Überhaupt nicht.

Lächelnd klappte sie den Laptop auf ihrem Schoß zu und stellte ihn auf dem Boden ab, bevor sie sich zu ihm drehte und ihre Füße in seinen Schoß legte.

Geistesabwesend platzierte er eine Hand auf ihrem Unterschenkel und streichelte diesen, während er fragte: „In diesem Kapitel schreibst du, dass Lady Bella in Tränen ausbricht, als sie sich mit Kapitän Douglas streitet. Ich fände es besser, wenn die beiden sich richtig fetzen."

Nur mit großer Mühe schaffte es June, nicht in volltönendes Lachen auszubrechen. „Ehrlich? Das denkst du?"

Wyatt nickte mit einem Brummen und las weiter vertieft in den letzten Kapiteln ihres Manuskripts, das sie für ihn ausgedruckt hatte, weil er nicht locker gelassen hatte. Wie es schien, war der Mann verrückt nach den Geschichten um die schöne Lady Bella und ihren Piraten.

„Anfangs war ich echt angefressen."

Verdutzt hob sie den Kopf. „Angefressen? Auf mich? Warum?“

„Wegen James.“ Seine Mundwinkel fielen hinab. „Im ersten Teil gab es dieses perfekte Happyend und dann lässt du ihn im zweiten Teil einfach sterben.“

„Es ist nur ein Buch“, erklärte sie belustigt und erntete ein Schnauben.

Mit schmalen Augen sah er sie über den Rand des Papierwulstes an. „Das weiß ich selbst. Dennoch hätte ich mir eine Fortsetzung mit den beiden gewünscht.“

Sie sagte ihm lieber nicht, dass der totgeglaubte James am Ende des dritten Bandes wieder auftauchen und Lady Bella in schreckliche Seelenqualen stürzen würde, weil sie sich zwischen ihm und dem mittlerweile geliebten Kapitän Douglas entscheiden musste. Wie es aussah, würde Wyatt es in den nächsten Minuten sowieso herausfinden, weil er kurz vor dem Ende stand.

Um ihn ein wenig zu triezen, seufzte sie schwer. „James ist schon sehr heiß, aber Douglas ist auch nicht von schlechten Eltern.“

„Meine Sympathien liegen bei James", antwortete Wyatt rigoros.

„Tatsächlich? Obwohl Douglas Grübchen in den Wangen, eine kleine Kerbe im Kinn und ein sternenförmiges Muttermal an der Hüfte hat?"

Nur das Zucken seiner Mundwinkel verriet, dass er amüsiert war, als er brummte: „Du hättest lieber James wie mich beschreiben sollen."

„Da kannte ich dich noch nicht."

„Auch wieder wahr."

June war der Meinung, dass sie lange genug über Lady Bella, James und Kapitän Douglas gesprochen hatten. Daher rutschte sie näher an ihn heran und nahm ihm trotz seiner Proteste das Manuskript weg.

„Ich würde das gerne zu Ende lesen", murmelte er, als sie sich auf seinen Schoß setzte und sich an ihn kuschelte.

„Später. Ich brauche ein paar Streicheleinheiten."

Prompt legte er seine große Hand in ihren Nacken und gab ihr einen Kuss auf den Mund, während er sie eng an seinen Oberkörper zog. Zufrieden seufzte sie auf und machte es sich auf ihm gemütlich, während sie sich dachte, dass der Moment selbst mit einem Kaminfeuer im Rücken nicht schöner hätte sein können.

„Wann darf ich denn den Rest lesen?“, nuschelte er kurz darauf gegen ihre Lippen.

June verdrehte die Augen, löste ihren Mund von seinem und schmiegte ihren Kopf gegen seine Schulter. „Muss ich mir Gedanken machen, dass du derart auf Piratenromane stehst?“

„Vielleicht ein wenig.“ Lässig zuckte er mit der Schuler. „Du solltest dich freuen, dass ich es kaum erwarten kann, deine Bücher zu lesen.“

Schnaubend betrachtete sie die Bartstoppeln auf seiner linken Wange und dem Übergang zu seinem kräftigen Hals. „Aber es sind Liebesromane.“

„Zweifelst du an meiner Sexualität?“

„Nein“, erwiderte sie lachend. „Ganz sicher nicht.“

Mit sanfter Stimme fügte er hinzu: „Ich würde auch dein anderes Buch lesen.“

„Mein anderes Buch?“

„Ja.“ Wyatt streichelte das Haar in ihrem Nacken. „Das Manuskript, das seit Jahren in deiner Schublade liegt.“

Augenblicklich begann ihr Herz zu rasen. „Oh. Das Manuskript meinst du."

„Warum hast du mir davon bisher nie erzählt? Ich würde es gerne lesen."

Unsicher und nervös rieb sie die Lippen aufeinander und atmete kurz durch. „Ach ... das habe ich gar nicht dabei. Das ... das liegt bei mir in New York auf der Festplatte."

„Wovon handelt es?"

„Mhh ... also, das ist schwer zu erklären."

Seine Antwort bestand aus einem Brummen.

„Ich kann ja schauen, ob ich ihn noch irgendwo in einer alten Mail habe, aber ... aber ich glaube, dass ich die schon gelöscht habe." Irgendwie hatte sie das Bedürfnis, sich zu rechtfertigen, auch wenn sie über ihren lang geplanten Roman nicht reden wollte. Nachdem er von allen möglichen Verlagen abgelehnt worden war und selbst ihre Agentin meinte, dass er sich nicht verkaufen ließ, zweifelte sie daran, ob er nicht tatsächlich einfach nur schlecht war. An dieser Geschichte hing ihr Herz, daher schmerzte die Einsicht, dass das Manuskript nichts taugte. Mittlerweile wollte sie ihn niemandem zeigen – auch Wyatt nicht.

„Das ... das Buch ... ach, ich weiß auch nicht. Vermutlich wäre es sowieso nichts für dich. Das soll nicht heißen, dass ich glaube, du würdest es nicht verstehen“, plapperte sie hastig weiter, als sie sah, dass sich seine Stirn in Falten legte. „Immerhin liest du auch Joyce und Solschenizyn. Nicht, dass ich das Buch mit den beiden vergleiche. Nein!“ Nervös lachte sie.

„Du quasselst“, hielt er ihr düster vor.

„Ja.“ Mit einem gequälten Lächeln erklärte sie: „Das magst du doch.“

„Ich mag dich.“

Mit klopfendem Herzen legte sie den Kopf schief. „Ich mag dich auch, Wyatt.“

Wow, zwei Erwachsene gestanden sich gegenseitig, dass sie sich mochten. Als Außenstehende hätte sie nur den Kopf geschüttelt, doch so grinste sie debil und hatte das Gefühl, gleich vor lauter Glück in tausend Stücke zu zerspringen.

Seine Augen sahen direkt in ihre, als er geschickt das Thema wechselte. „Du musst mir nicht von deinem Buch erzählen, wenn du nicht willst."

June seufzte inbrünstig auf. „Das ist es nicht, Wyatt."

„Was ist es dann?"

Unangenehm berührt hob sie die Schulter. „Es ist nur ... es liegt nicht an dir. Vermutlich zweifle ich mittlerweile selbst daran."

Grollend fragte er nach: „Warum?"

„Weil das Buch nur Absagen erhielt. Vielleicht war ich nicht objektiv genug. Wie soll das auch gehen? Immerhin ist es mein Buch."

„Wenn du es gut findest, dann ist es auch gut."

Geschmeichelt, aber etwas trocken lachte sie kurz auf. „Das ist lieb, aber leider ist es nicht so einfach. Vermutlich sollte ich mich lieber ganz auf Piratenromane und Drehbücher konzentrieren."

„Wenn du deinen Roman schreiben willst, dann tu das, June."

Er war so wunderbar eigensinnig, dachte sie sich und lehnte das Kinn auf seine Schulter. „Und wenn es in die Hose geht?“

Einige Augenblicke wartete er, bis er ruhig fragte: „Und was ist, wenn es nicht in die Hose geht?“

Das war eine gute Frage, die sie sich nicht stellen wollte. June schob diesen Gedanken lieber von sich und erklärte stattdessen mit liebenswürdiger Stimme: „Wyatt, wir gehen seit ein paar Wochen miteinander aus, aber ich habe keinen Schimmer, was du beruflich machst. Das ist doch merkwürdig, oder?“

Das finstere Brummen sagte ihr, dass sie ins Schwarze getroffen hatte. Für einen kurzen Augenblick versteifte er sich, bevor er sich wieder zurücklehnte und ihr einen Arm um die Taille schlang.

„Was willst du wissen?“

Freundlich klang anders, das war sicher. Nicht wirklich abgeschreckt spielte sie mit dem schwarzen Haar in seinem Nacken. „Was bist du von Beruf?“

„Ehrliche Antwort?“

„Unbedingt“, lachte sie.

Stöhnend rieb er sich mit einer Hand über das Gesicht. „Ich hatte eine Firma – eine Baufirma. Als ich aus Chicago wegzog, habe ich meine Anteile verkauft und kann ganz gut davon leben."

Überrascht musterte sie ihn. „Bauingenieur?"

„Ja", brummte er zustimmend.

„Okay, das kann ich mir bei dir sogar vorstellen", freundlich nickte sie. „Meine nächste Frage: Warum bist du zurück nach Hailsboro gezogen?"

Er atmete kurz durch und erläuterte etwas widerwillig: „Wegen meines Dads. Er war krank."

„Das tut mir leid." June machte ein betroffenes Gesicht. „Entschuldige, Wyatt. Das wusste ich nicht."

„Schon gut." Seiner Stimme war anzuhören, dass er die Lässigkeit nur vorspielte, doch die Finger, die geistesverloren über ihren Hals fuhren, zeigten ihr, dass er ihr nicht grollte.

Leise fragte sie nach: „Was hatte dein Dad denn?"

„Krebs." Wyatt lächelte schwach. „Als er krank wurde, bin ich von Chicago zurück nach Hailsboro gezogen, um für ihn da zu sein. Vor ein paar Monaten ist er gestorben."

„Das tut mir leid.“

„Danke.“

Jedes weitere Wort wäre sinnlos gewesen, also schwieg June und legte die Arme tröstlich um ihn. Natürlich brannten ihr weitere Fragen unter den Nägeln, doch sie hielt es für besser, einfach still zu sein und nichts mehr zu sagen.

Dass er sie ebenfalls festhielt und ihr einen Kuss auf die Schläfe drückte, bedeutete ihr mehr, als sie sagen konnte.

Da June heute Abend bei Wyatt schlafen wollte, bereitete sie ein Abendessen für ihre Großtante vor, die mit einer Schüssel ihrer heißgeliebten Pistazienmacarons vor dem Fernseher saß.

Das Gedudel, das eine neue Folge Matlock ankündigte, brachte June beinahe um den Verstand. Wie konnte man sich tagtäglich die gleichen schwachsinnigen Folgen einer schwachsinnigen Serie anschauen, ohne verrückt zu werden?

Angesichts des grauenvollen braunen Kleides, das ihre Großtante trug, war sich June jedoch nicht sicher, ob diese nicht vielleicht doch schon den Verstand verloren hatte.

„Ich habe dir Makkaroni gemacht, Tante Laura. Mit Tomatensauce und Hackbällchen."

Ein Schniefen aus dem Wohnzimmer war die Antwort.

June biss die Zähne zusammen, verdrehte die Augen und stellte den Herd aus, bevor sie gottergeben ins Wohnzimmer schlenderte und sah, wie sich Tante Laura mit einem Stofftaschentuch über die Augen rieb.

Seit dem publikumswirksamen Auftritt auf dem Sommerfest der Stadt, bei dem sich Tante Laura und Alma um den Hals gefallen waren und Frieden geschlossen hatten, ließ sich ihre Großtante zwar wieder gerne in der Stadt sehen, aber wie es schien, lag es ihr auf der Seele, dass sich Almas Ehemann tatsächlich scheiden lassen wollte. Auch wenn June sich sicherlich nicht mit ihrer Großtante über Rupert, über den besagten Unfall oder über Wiener Würstchen unterhielt, wusste sie, dass Tante Laura keinerlei Interesse an dem greisen Mann hatte, der nach dem Unfall mit einem Rollator durch die Gegend schlich.

„Geht es dir gut, Tante Laura?“

„Ach ... ich bin nur so glücklich und so unglücklich zugleich.“

Oh Mann – das klang nach einem längeren Gespräch. Unsicher trat June von einem Bein auf das andere.

„Außerdem ist es so lieb, dass du mir Makkaroni mit Hackbällchen gekocht hast.“

Was hätte sie denn auch tun sollen? Nach dem Sommerfest brachte es June nicht über sich, klein geschnittene Würstchen in die Sauce zu tun.

Sie erkundigte sich räuspernd: „Warum bist du denn so unglücklich?“

„Ich vermisse deinen Großonkel so sehr.“

Vorsichtig trat June einige Schritte näher und setzte sich auf die Lehne des uralten Sessels, in dem ihr Großonkel immer gesessen und Fernsehen geschaut hatte. „Onkel Alan ist schon sehr lange tot ...“

„Ich weiß“, unterbrach Tante Laura sie. „Dennoch vermisse ich ihn ganz schrecklich. Alma und Rupert werden sich wegen mir scheiden lassen. Das wollte ich nicht! Ich war nur so furchtbar einsam.“

Glücklicherweise schaute Tante Laura auf den verschlissenen Teppich, so dass sie nicht den Horror im Blick ihrer Großnichte sehen konnte. Für ein solches Gespräch war June einfach nicht bereit. Sie wollte nicht über Alma Steiner, den herzkranken Rupert oder das Geschehen in seinem Auto sprechen.

„Tante Laura ...“

„Dein Großonkel war so ein wunderbarer Mann ... wie konnte ich ihn nur betrügen?“

June schnitt eine Grimasse. Anscheinend vergaß Tante Laura, dass ihr lieber Ehemann sie betrogen hatte. „Tante Laura, du hast ihn nicht betrogen.“

„Ich habe ihn in Gedanken betrogen“, schniefte sie aufgebracht. „Zwar ist er tot, aber sein Geist ist noch immer hier.“

Entsetzt musterte sie den grauhaarigen Schopf ihrer Großtante. „Also ... ich denke nicht ...“

„Ach, wenn du wüsstest, wie glücklich ich bin, dass du Wyatt gefunden hast. Er ist so ein lieber Mann. Ihr werdet sicherlich ein wunderschönes Brautpaar abgeben."

Brautpaar?

Was zum Teufel war heute bloß mit ihrer Großtante los? Niemand sprach von einer Hochzeit.

„Hochzeit? Nein, nein", winkte sie gutmütig ab. „Wyatt und ich verstehen uns gut, aber so weit sind wir noch lange nicht."

„Als ich deinen Großonkel zum ersten Mal sah, wusste ich sofort, dass ich ihn heiraten würde."

Ein wenig überfordert massierte June ihre Nasenwurzel. „Heutzutage ist es etwas anders, Tante Laura. Wyatt und ich ... wir wollen es langsam angehen lassen und schauen, wohin es uns führen wird. Mehr kann man ja gar nicht planen."

Wie es aussah, war Tante Laura enttäuscht, da sie eine Schnute zog. „Er ist ein anständiger Mann. Den solltest du nicht gehen lassen."

„Davon redet ja auch niemand."

Ihre Großtante verschränkte die Arme vor ihrem voluminösen Busen. „Du wirst nicht jünger und solltest sesshaft werden. Außerdem fände ich es sehr schön, wenn wenigstens eines meiner Familienmitglieder hier in der Nähe wohnt. Solltest du bei Wyatt einziehen, dann könnten wir uns immer sehen.“

Anscheinend hatte Tante Laura alles bereits durchgeplant. June jedoch rümpfte die Nase. „Wir haben so etwas noch nicht besprochen.“

„Du wirst doch wissen, ob du hier in Hailsboro bleibst oder zurück nach New York ziehst!“

Nein, das wusste sie eben noch nicht. Ein Umzug nach Texas war schließlich keine Entscheidung, die sie übers Knie brechen sollte. Ihr Leben lang war sie New Yorkerin gewesen und sollte jetzt plötzlich in dieses kleine Kaff ziehen? Beruflich wäre es kein Problem, aber ihr ganzes Leben spielte sich am anderen Ende des Landes ab und nicht hier in Hailsboro.

Doch der Gedanke an Wyatt ließ sie innerlich zusammenzucken. Wollte sie tatsächlich zurück nach New York gehen und Wyatt nicht mehr täglich sehen?

„Wenn du mich fragst, solltest du Nägel mit Köpfen machen. Einen so guten Mann findest du nicht überall.“

„Ja, Tante Laura“, antwortete sie leicht gereizt. „Das hast du jetzt sicherlich schon drei Mal gesagt.“

„Mein Gott, du bist vielleicht gereizt.“ Ihre Großtante schnalzte mit der Zunge und schaute wieder zum Fernseher, auf dem Matlock gerade sein Schlussplädoyer hielt, während sie ihr die Schale mit den Pistazienmacarons hinhielt.

Einen kurzen Moment zögerte June, bevor sie nach der Schale griff und sich eines der köstlichen Gebäckstücke anschließend in den Mund schob.

10. Kapitel

Das Telefonklingeln setzte in dem Moment ein, in dem June den Hackbraten aus Wyatts Backofen holen wollte. Beinahe hätte sie die Auflaufform vor Schreck losgelassen, weil es so selten war, dass in seinem Haus das Telefon klingelte, dass sie an den Ton überhaupt nicht gewohnt war.

Da sie alleine bei ihm war und darauf wartete, dass er zurückkam, beeilte sie sich, die Auflaufform auf den Herd zu stellen, und hechtete anschließend ans Telefon, um leicht außer Atem zu krächzen: „Hallo?“

„Hallo. Hier ist Dana.“

Junes Augenbrauen zuckten hoch, während sie amüsiert fragte: „Welche Dana?“

„Dana – Wyatts Frau. Ist er zuhause?“

Einen entsetzlich langen Moment starrte sie schockiert vor sich hin, bevor sie krächzte: „Wyatts ... *was*?“

„Wyatts Ehefrau“, ertönte es ungeduldig am anderen Ende der Leitung. „Ist er zuhause?“

Tausend Gedanken rasten gleichzeitig durch ihren Kopf, während der köstliche Geruch des Hackbratens ihr in die Nase stieg, den sie extra für den heutigen Abend gekocht hatte, um ihn zu überraschen.

Doch überrascht war lediglich sie, weil der Mann, für den sie aufs Land hatte ziehen wollen, verheiratet war und ihr kein Sterbenswörtchen davon erzählt hatte.

Fassungslos schnappte sie nach Luft und wollte einfach auflegen, als Wyatt mit einem Lächeln die Küche betrat.

„Riecht das super, Schatz ...“

June wollte ausrasten, ihm eine scheuern und ihn anschreien. Stattdessen drückte sie ihm den Hörer in die Hand und erklärte kühl: „Deine Frau ist am Telefon.“

„June ...“

Schweigend schüttelte sie den Kopf und fühlte sich wie gelähmt, während sie sich ihre Tasche von dem Küchentisch schnappte und aus dem Haus stürmte.

„June! Bleib doch hier!“

Sie wollte ihm keine Gelegenheit geben, ihr irgendwelche Lügen aufzutischen, und sprang in den Mustang ihrer Tante, bevor sie mit zitternden Händen

den Schlüssel ins Zündschloss rammte und davon bretterte.

Durch den Rückspiegel konnte sie sehen, wie er ihr in seinem Truck folgte, und war so aufgebracht, dass sie die Abfahrt zu Tante Lauras Straße verpasste und stattdessen in Richtung Stadt brauste. Sie hatte keine Ahnung, wohin sie wollte oder was sie tun sollte. June wusste lediglich, dass sie ihn nicht sehen wollte.

Als er wie verrückt hupte und immer wieder die Scheinwerfer aufleuchten ließ, streckte sie ihm den Mittelfinger entgegen und drückte auf das Gaspedal.

Wyatt konnte sie mal! Ganz sicher würde sie sich nicht seine Ausreden anhören – und wenn sie so lange durch die Gegend fahren musste, bis ihr oder ihm der Sprit ausging. Er konnte ihr wirklich gestohlen bleiben!

Mit zusammengebissenen Zähnen überlegte sie, was sie für eine Idiotin gewesen war, tatsächlich mit dem Gedanken gespielt zu haben, zu ihm zu ziehen und ihr Leben in New York aufzugeben. Er war ein mieser Lügner, der sie an der Nase herumgeführt hatte. Und was hatte sie getan? Sie hatte in Gedanken bereits Umzugskartons gepackt, um aufs Land zu ziehen. Nach

Texas! In einen Staat, in dem man von Mücken zerfressen und von Kleinstadtbewohnern in den Wahnsinn getrieben wurde! Wenn sie hierhergezogen wäre, hätte sie vermutlich lernen müssen, einen Dingo zu häuten, und wäre in weniger als einem halben Jahr stark übergewichtig geworden, weil sie permanent Pistazienmacarons in sich hineingestopft hätte. Und wofür?

Für einen Mistkerl, der eine Ehefrau hatte!

Als er wieder hupte, schrie sie frustriert auf. Er sollte sie in Ruhe lassen, wenn ihm sein Leben etwas wert war.

Das schrie sie auch lauthals durch das Auto, obwohl ihr klar war, dass er kein Wort verstehen würde.

Das erneute Aufleuchten seiner Scheinwerfer blendete sie für einen Moment und machte sie noch wütender.

„Arschloch", brüllte sie und ging vom Gas, als sie auf die Hauptstraße der Stadt einbog. Auch wenn sie wütend auf Wyatt war, wollte sie keinen Unschuldigen über den Haufen fahren. Weder einen Menschen noch einen Hund, der wegen fehlender Beine einen kleinen Rollstuhl brauchte.

Ein erneutes Hupen ließ sie nach Luft schnappen, da der Spinner neben sie fuhr, obwohl die Straße lediglich einspurig war.

Undeutlich hörte sie seine Stimme ihren Namen rufen, verstand dank des Fahrtwindes und der Motorengeräusche jedoch kaum ein Wort.

„Lass mich in Ruhe", schrie sie los, doch er fuhr weiterhin neben ihr her.

Als June sah, dass auf der entgegengesetzten Spur ein uralter Traktor her tuckerte, bremste sie ab und blieb stehen, während Wyatt sein Auto vor dem Mustang anhielt und so ihre Weiterfahrt verhinderte.

Mit schmalen Augen schaute sie aus der vorderen Windschutzscheibe und krallte die Hände um das Lenkrad. Sobald der Traktor an ihnen vorbeigefahren war, wollte sie ausscheren und an Wyatts Truck vorbeifahren, als dieser plötzlich den Rückwärtsgang einschaltete und ihr ins Auto fuhr.

Ungläubig öffnete sie den Mund und sah mit an, wie Wyatt seelenruhig ausstieg und auf ihr Auto zukam, dessen Motorhaube eine riesige Delle vorzuweisen hatte.

Aufgebracht warf sie die Tür auf und rutschte von ihrem Platz, bevor sie wie auf Stelzen auf die Beine kam. „Hast du den Verstand verloren? Du kannst mir doch nicht einfach ins Auto fahren!“

„Quid pro quo.“ Wyatt nickte entschlossen. „Du bist mir auch ins Auto gefahren.“

„Aber nicht absichtlich!“ Beide Hände ballte sie zu Fäusten. „Hau ab!“

„Hörst du mir jetzt vielleicht einmal zu?“

Er klang absolut ruhig, was June noch viel wütender machte. Am liebsten hätte sie ihm eine verpasst, aber angesichts der Schaulustigen, die sich bereits um die beiden Autos versammelt hatten und neugierig die Köpfe zusammensteckten, unterließ sie das lieber.

„Ich schicke dir die Rechnung für die Reparatur.“

„June, hör mir bitte zu.“

„Was soll ich mir anhören? Du hast mich angelogen, Wyatt!“

„Ich habe dich nie angelogen“, brummte er mit finsterer Miene.

Vor lauter Wut hatte sie das Gefühl, dass gleich ihr Kopf explodieren würde. „Und wie nennst du das? Du hast mir nicht ein einziges Mal erzählt, dass du verheiratet bist! Wir schlafen miteinander, verdammt noch mal, aber du hältst es nicht für nötig, mir *das* zu erzählen!“

Als das Getuschel lauter wurde, drehte sie sich wutentbrannt zu den Bewohnern der Kleinstadt um und entdeckte Ronny samt seinem schwarzen Schneidezahn in der vordersten Reihe. „Unterhaltet ihr euch gut?“

„June.“ Wyatt trat auf sie zu. „Es ist nicht so, wie du denkst.“

„Was denke ich denn?“ Sie trat einen Schritt zurück und setzte eine verkniffene Miene auf.

Auch seine Miene nahm einen finsteren Ausdruck an, als er brummte: „Du siehst das völlig falsch.“

„Bist du verheiratet?“

„Ja, aber ...“

Bitterböse nickte sie ihm zu. „Dann ist doch alles geklärt.“

„Nichts ist geklärt.“ Er baute sich vor ihr auf. „Können wir irgendwo reden?“

„Nein.“

„June.“ Er stöhnte gequält. „Wenn ich dir alles erklärt habe, dann verstehst du, dass ich dich nicht angelogen habe.“

„Wyatt“, zischte sie ihm mit mühsam beherrschter Stimme zu. „Du bist verheiratet. Verheiratet! Verdammt noch mal ... ich komme mir wie die letzte Idiotin vor. Wir sind zusammen, aber ich habe keine Ahnung, dass der Mann, zu dem ich ziehen wollte, bereits eine Frau hat.“

Bittere Tränen stiegen ihr schmerzhaft in der Kehle auf, die glücklicherweise von ihrer Wut verdrängt wurden.

„Du wolltest zu mir ziehen?“

„Jetzt sicherlich nicht mehr!“ Um sich nicht völlig lächerlich zu machen, wollte sie sich umdrehen und wieder ins Auto steigen, doch er ergriff ihren Oberarm und hielt sie fest.

„Lass mich los!“

Dies tat er nicht, sondern erklärte stattdessen ruhig: „Dana und ich sind verheiratet – noch! Das Scheidungsverfahren läuft bereits."

Verwirrt forschte sie in seinem Gesicht und platzte anschließend heraus: „Konntest du mir das nicht sagen?" Abrupt schüttelte sie den Kopf. „Ich ... ich muss darüber nachdenken."

„Tu das nicht", erklärte er heiser. „Lass uns reden."

„Aber ..."

„Ich wollte dir nicht wehtun."

Beinahe hätte sie frustriert mit dem Fuß aufgestampft. „Warum hast du es dann getan? Wieso hast du mir nicht gesagt, dass du noch verheiratet bist und dich scheiden lässt?"

Als er nicht antwortete, musste sie ein Schluchzen unterdrücken.

„Lass mich los, Wyatt."

Dass er mit einem Mal auch laut wurde und sie aufgebracht anfunkelte, brachte June völlig aus dem Konzept. „Es gibt Dinge, über die man nicht gerne redet. Das kennst du doch!"

„Was?"

Er nickte nachdrücklich. „Dir ist es unangenehm, über dein Manuskript zu reden. Ich respektiere das und verlange nicht von dir, mir all das zu erzählen, was du nicht preisgeben willst.“

„Aber ... aber das ist doch etwas völlig anderes“, entgegnete sie verwirrt.

„Vielleicht. Trotzdem gibt es Dinge, über die ich nicht gerne rede.“

„Wyatt, das verlangt auch niemand.“ June holte Luft und fuhr sich kurz über die trockenen Lippen. „Aber wir sind zusammen. Verdammt ... hast du eine Ahnung, wie ich mich gefühlt habe, als ich deine *Ehefrau* plötzlich am Telefon hatte und nicht einmal wusste, dass du verheiratet bist?“

„Das tut mir leid“, erwiderte er leise. „Normalerweise ruft sie nicht an.“

„Es geht doch nicht darum, dass sie angerufen hat!“ Sie riss ihren Arm aus seinem Klammergriff. „Du hättest mir sagen sollen, dass du verheiratet bist und in Scheidung lebst! Himmel, das wäre keine große Sache gewesen.“

Er schnaubte und warf ihr einen ironischen Blick zu. „Keine große Sache?“

„Genau“, fuhr sie ihn nachdrücklich an.

„June.“ Seine Stimme troff vor Sarkasmus. „Du willst alles bis ins kleinste Detail wissen.“

„Und du willst anscheinend gar nichts wissen!“

Seine Stirn legte sich in Falten. „Sei nicht unfair“, brummte er.

„Ich wäre vollauf damit zufrieden gewesen, wenn du irgendwann einmal erwähnt hättest: *June, ich bin verheiratet, aber wir leben bereits in Scheidung*.“

„Du wärst nicht zufrieden gewesen“, widersprach er ihr. „Du hättest erst recht nachgebohrt.“

„Nicht, wenn du gesagt hättest, dass du nicht darüber reden willst.“

Er senkte die Stimme und beugte den Kopf zu ihrem hinunter. „Was hätte ich denn sagen sollen? Dass meine zukünftige Exfrau sich weigerte, mit mir aufs Land zu ziehen, um meinen kranken Vater zu pflegen? Dass sie sich deshalb von mir trennte? Dass sie nach dem Tod meines Vaters von mir erwartete, wieder zurück in die Stadt zu ziehen? Oder dass ich einige

Monate daran zu knacken hatte, dass ich ihr ziemlich egal war?"

Mitleidig verzog sie das Gesicht. „Wyatt ..."

„Deshalb habe ich nichts gesagt." Seine dunklen Augen wurden zu schmalen Schlitzen. „Weil ich auf dein Mitleid verzichten wollte."

Verletzt trat sie einen Schritt zurück und klagte mit zittriger Stimme: „Ich bin deine Freundin, Wyatt. Ich liebe dich. Es hat nichts mit Mitleid zu tun, wenn ich traurig darüber bin, dass es dir schlecht geht."

Darauf sagte er erst einmal nichts.

Unruhig schaute sie ihn an und bemerkte mit rasendem Herzklopfen, wie er seufzend nach ihrer Hand griff. Seine heisere Stimme war wie Ambrosia. „Hast du etwa Hackbraten gemacht?"

„Ja", schniefte sie. „Nach Tante Lauras Rezept."

Wyatt holte tief Luft und spielte mit ihren Fingern, während er gespielt beiläufig wissen wollte: „Und du würdest nach Hailsboro ziehen? New York einfach so verlassen?"

Ihr Kinn bebte. „Wenn du Mückenspray kaufst."

„Das muss bedeuten, dass du mich wirklich liebst", brummte er.

„Wyatt, ich ..." Sie schwieg und war unfähig, auch nur einen sinnvollen Satz loszuwerden.

Ein trockenes Glucksen war die Antwort. „Ich schätze, es ist ein gutes Zeichen, dass es dir die Sprache verschlagen hat."

„Das ist nicht komisch", flüsterte sie unter Tränen. „Mir wurde gerade ins Auto gefahren, und ich habe herausgefunden, dass der Mann, den ich liebe und der diesbezüglich noch kein Gegengeständnis gemacht hat, mit einer anderen Frau verheiratet ist. Außerdem ist mein Hackbraten ruiniert und ich mache mich vor allen Bewohnern dieser verrückten Kleinstadt zum Idioten. Ach, und ich werde meine Heimatstadt verlassen sowie meine Wohnung auflösen, obwohl du nicht ein einziges Mal gesagt hast, ob du mich überhaupt bei dir haben willst oder ob du mich liebst ..."

Mit einem prustenden Kuss unterbrach er sie.

Sie ließ seinen Kuss gute zehn Sekunden zu, bevor sie ihn nachdrücklich von sich schob. „Nicht so schnell ..."

„Wenn wir zuhause sind, erzähle ich dir alles, was du wissen willst.“ Behutsam lehnte er seine Stirn gegen ihre. „Versprochen.“

Wie Butter in der Sonne schmolz sie dahin. „Okay.“

„Außerdem möchte ich nichts lieber, als dich hier bei mir zu haben.“

Strahlend legte sie den Kopf ein wenig zur Seite. „Wie viel du plötzlich reden kannst.“

„Ich rede gerne – mit dir.“

Verliebt flüsterte sie seinen Namen.

„Und wenn wir allein sind“, flüsterte er rau, „sage ich dir, wie verrückt ich nach dir bin und dass ich es liebe, wie sehr du quasseln kannst.“

„Ehrlich?“

„Ehrlich.“ Mit geschlossenen Lippen küsste er sie kurz und zärtlich auf den Mund. „Und wenn ich darf, möchte ich dein Manuskript lesen.“

Ihre Stimme klang nach Tränen. „Du darfst.“

Epilog

Douglas saß mit einem Glas Gin in der Hand in seiner Kajüte und starrte dumpf auf den abgewetzten Holzfußboden vor sich.

Er hatte sie verloren.

Er hatte die Frau verloren, die sich klammheimlich in sein Herz geschlichen und dieses geraubt hatte, als sie aus seinem Leben verschwunden war. Seitdem Bella ihn ohne ein Wort des Abschieds verlassen hatte, war auch jeglicher Lebensfunke in seiner Seele erloschen. Ein Leben ohne sie war unerträglich.

Die grausame Realität war jedoch, dass er sie vertrieben hatte. Wenn er sie nur besser behandelt und sie anfangs nicht in sein Bett gezwungen hätte, dann wäre sie womöglich bei ihm geblieben. Mochte er sie zu Beginn lediglich begehrt haben, weil sie wie ein hübscher Kokon gewirkt hatte und er das Lager mit ihr hatte teilen wollen, waren es ihre Leidenschaft und ihre Lebhaftigkeit gewesen, die ihn in ihren Bann gezogen hatten und denen er sich nicht mehr hatte entziehen können.

„Douglas?"

Sein dunkler Schopf schoss in die Höhe, als er ihre liebliche Stimme hörte. Ungläubig richteten sich seine Augen auf ihre feengleiche Gestalt, die in der Tür zu seiner Kajüte stand.

„Bella ..."

Ihr wunderschönes Gesicht sprach davon, dass sie geweint haben musste, doch ihre Augen strahlten ihn an.

„Bella ... Geliebte, was tust du hier? Du müsstest bei ihm sein. Bei James."

„Ich bin hier. Bei dir. Bei dem Mann, den ich liebe. Und den ich brauche."

Bevor er wusste, wie ihm geschah, hielt er sie in den Armen und murmelte Liebesschwüre in ihr zart duftendes Haar. Wie konnte das sein? Sie war zu ihrem totgeglaubten Geliebten zurückgekehrt. Zu James.

„Aber, Bella“, raunte er heiser. „James ...“

„James war der erste Mann, der mich Leidenschaft gelehrt hat, aber du, mein Geliebter, du hast mich Liebe gelehrt.“

Wyatt betrat sein Haus und lauschte der anheimelnden Stille, die nur durch das perlende Gelächter seiner Verlobten unterbrochen wurde. Vergnügt trug er die Tüte der hiesigen Bäckerei hinein, in der sich zwar nicht Junes heißgeliebte Pistazienmacarons, dafür aber frische Apfelküchlein mit Zimtgeschmack befanden, die besser zu der kalten Jahreszeit passten. Draußen lag Schnee und machte eine Fahrt in die Stadt zur wenig angenehmen Freizeitbeschäftigung, doch einige Einkäufe hatten es nötig gemacht, dass er die Wärme des Hauses und eine entzückende Verlobte hatte verlassen müssen. Dies war ihm ziemlich schwer gefallen, wenn man bedachte, dass June derart verlockend in ihrem enganliegenden Hausanzug gewirkt hatte. Der Anruf von der Post hatte ihn jedoch dazu gebracht, den Weg in die Stadt zu machen und das

Paket abzuholen, auf das er bereits sehnsüchtig gewartet hatte. Er konnte sich denken, dass June große Augen machen würde, wenn sie den Inhalt des Pakets entdeckte.

Grinsend verschob er das Päckchen unter seinem Arm und war entsetzlich froh, endlich nach Hause zu kommen, wo ihn nicht nur heißer Punsch und ein knisternder Kamin erwartete, sondern auch eine Frau, die seit Tagen das Haus auf Vordermann brachte, um ein besinnliches Weihnachtsfest mit ihm, mit Freunden und mit ihrer Familie zu feiern, die extra aus New York kommen wollte. Bisher hatte sie alles weihnachtlich geschmückt und einen Weihnachtsbaum besorgt, der sich bereits auf der Terrasse befand und nur darauf wartete, im Haus aufgestellt und geschmückt zu werden. Ihre Aufregung war regelrecht ansteckend, und Wyatt verstand sehr gut, wie sehr sie sich darauf freute, zusammen mit der ganzen Familie zu feiern. Immerhin sah sie ihre Eltern und ihre Schwester seit ihrem Umzug nach Hailsboro vor über einem Jahr nicht mehr so häufig.

Da er seine zukünftigen Schwiegereltern und Junes Schwester gut leiden konnte, machte es ihm nichts aus, dass das Haus wie die Werkstatt des Weihnachtsmannes aussah und June morgens in aller Frühe aufstand, um alles perfekt vorzubereiten.

Lächelnd schlüpfte er aus seiner gefütterten Winterjacke und legte sowohl die Tüte als auch seine Autoschlüssel beiseite, bevor er mit dem Paket unterm Arm langsam ins Wohnzimmer schlenderte, in dem June auf dem Teppich vor dem Kamin lag und mit dem winzigen Welpen spielte, den sie sich erst vor zwei Wochen angeschafft hatten.

Beim Anblick ihres blonden Schopfes und der glücklichen grünen Augen verspürte er ein überwältigendes Glücksgefühl, das er seit über einem Jahr verspürte, sobald er nach Hause kam und June bei ihm entdeckte. Seine Quasselstrippe machte das Leben um einiges lebhafter, lustiger und liebevoller. Er konnte sich jedenfalls nicht erinnern, wann er zuletzt so häufig gelacht hatte.

Nachdem sie vor etwas mehr als einem Jahr zusammengezogen waren, hatte sich einiges getan.

Seine Scheidung war glücklicherweise relativ problemlos vonstattengegangen, wenn man davon absah, dass Dana noch einige Male bei ihm angerufen hatte, weil sie immer wieder nachfragen wollte, warum er nicht zurück zu ihr nach Chicago käme. Dies hatte sich erst gelegt, als Dana begriff, dass er eine glückliche Beziehung führte und eine andere Frau liebte.

Für jemanden, der behauptete, eine waschechte New Yorkerin zu sein, hatte sich June erstaunlich gut in das Kleinstadtleben Hailsboros integriert und machte nicht den Eindruck, dass ihr etwas fehlen würde, was vielleicht auch daran lag, dass sie beide häufig nach Houston fuhren, ins Kino gingen oder ein Restaurant besuchten. Das Zusammenleben jedenfalls gestaltete sich so angenehm und harmonisch, dass Wyatt sie ein halbes Jahr nach seiner Scheidung gefragt hatte, ob sie seine Frau werden wollte. Zu seiner grenzenlosen Erleichterung hatte sie Ja gesagt und würde ihn im neuen Jahr heiraten.

Er konnte sich nicht mehr vorstellen, wie es gewesen war, ohne June zu sein. Nicht ihrer

Quasselstimme zu lauschen, nicht die Bücher aus ihrer Feder zu lesen oder ihr morgens keinen Kuss aufs Haar zu drücken, wenn er aufwachte.

„Da bist du ja!“ Sie hatte ihn entdeckt und setzte sich in den Schneidersitz, während der helle Labradorwelpe, den er James oder Hackbraten hatte nennen wollen, nun jedoch Glory hieß, auf ihr herumkletterte. „Wir üben gerade Sitz und Platz.“

Wyatt beugte sich hinab und gab ihr einen Kuss auf den Mund, bevor er brummte: „Wir sollten ihr erst einmal beibringen, nicht auf den Teppich zu pinkeln oder Schuhe anzunagen.“

„Das kommt noch“, gab June zuversichtlich von sich und streichelte den fiependen Welpen in ihrem Schoß, der sich zweimal um die eigene Achse drehte, bevor er sich gemütlich einrollte und den Kopf auf Junes Schenkel bettete.

„Hoffentlich“, seufzte Wyatt und setzte sich auf die Couch. „Meine Lieblingsschuhe hat sie bereits zerstört.“

„Nichts für ungut, Schatz. Aber deine Lieblingsschuhe sind grottenhässlich.“

„Vielen Dank“, schnaubte er. „Das hört man doch gerne.“

„Mhh.“ Entschuldigend schmiegte sie ihren Kopf gegen sein Knie und lächelte ihn mit den Lippen an, die ihn von der allerersten Sekunde an fasziniert hatten. „Was hast du da?“

„Och.“ Er klopfte auf das Paket, das er neben sich auf die Couch gelegt hatte. „Eine Überraschung für dich.“

„Eine Überraschung?“, quiekte sie erfreut und hätte beinahe den schlafenden Welpen in ihrem Schoß geweckt, dessen Öhrchen bereits zuckte.

„Ja, weil du so brav warst.“

Das heisere Lachen aus ihrem Mund machte ihn tierisch an. Am liebsten hätte er sie einfach auf sich gezogen, doch dann wäre der Welpe wach geworden, was June sicherlich zum Anlass genommen hätte, den nächsten Hackbraten anbrennen zu lassen. Leider hatte sie dafür ein riesiges Talent.

„Wann war ich denn brav?“

„Ab und zu kannst du sehr brav sein“, erwiderte er schlicht und ignorierte ihren durchbohrenden Blick.

Stattdessen reichte er ihr das Paket, das sie argwöhnisch in den Händen hielt und von allen Seiten betrachtete.

„Schwer und unhandlich. Ich tippe auf ein Buch."

„Bingo." Wyatt legte den Kopf schief und feixte: „Ein Kochbuch, damit unsere Gäste nicht verhungern müssen."

„Ich koche vorzüglich!"

„Ich weiß, Liebling." Sanft tätschelte er ihre Schulter. „Essen ist eine Geschmackssache. Ich für meinen Teil liebe die Röstaromen deiner angebrannten Speisen."

Stirnrunzelnd musterte sie ihn. „Ganz schön frech, Mister."

Er deutete auf das Paket und brummte gutmütig: „Mach mal auf."

„Sehr clever von dir, dich einfach so herauszureden", begann sie zu plappern. „Aber das ist ja nicht neu. Weißt du noch, wie du mir verheimlichen wolltest, dass du meinen guten Pullover bei der Wäsche eingefärbt hattest? Als hätte ich nicht den Unterschied gemerkt. Du hattest ..."

Als sie stockte, grinste er begeistert. „Was sagst du? Sieht anders aus als deine Freibeuter-Romane, oder?“

Mit beängstigend hoher Stimme krächzte sie: „Du hast das Manuskript verschickt?“

„Ja, das habe ich.“ Er rutschte an die Kante der Couch und legte ihr eine Hand tröstend auf die Schulter. „Und ich habe einen Verlag gefunden, der es herausbringen möchte.“

„Wyatt ...“

„Keine Ausrede“, unterbrach er sie mit einem leisen Lachen. „Das Buch ist der Hammer, June. Der Verlag war begeistert.“

Nervös lachte sie und warf ihm von unten einen unsicheren Blick zu. „Es ist nicht Lady Bella.“

„Nein, es ist besser“, erwiderte er nachdrücklich. „Es ist ein tolles Buch und hat mich tagelang an nichts anderes denken lassen.“

Sie schwieg und betrachtete die Korrekturfassung und die improvisierte Druckausgabe, die Wyatt in Auftrag gegeben hatte, damit sie wusste, was auf sie zukommen würde.

„Liebling“, murmelte er geduldig. „Du machst dir unnötig Sorgen. Dein Buch ist gut. Sehr gut.“

Schon ihre Piratenromane hatte er gerne gelesen und gab dies auch offen zu. Als allererste Person hatte er den vierten Roman um Lady Bella lesen dürfen, bevor sie diesen an ihre Lektorin geschickt hatte. Während des Entstehungsprozesses hatten sie über Bella und Kapitän Douglas geredet, bevor sie ihm ihr eigentliches Projekt zu lesen gegeben hatte. Von Anfang an war er hellauf begeistert gewesen und hatte sich geärgert, dass sie dermaßen verunsichert gewesen war. Er liebte das Buch, das sich von ihren Piratenromanen wie die Nacht vom Tag unterschied. Schrieb sie die historischen Liebesromane mit humorvoller Leichtigkeit und leicht schwülstigem Unterton, war das Projekt, an dem sie seit Jahren arbeitete, tiefgründig und ließ den Leser nachdenklich zurück.

Die Geschichte, die von einer zerrütteten Familie aus der Zeit der Großen Depression handelte und so viele unterschiedliche Komponenten beinhaltete, musste einfach veröffentlicht werden. Jedenfalls war das seine Meinung gewesen.

Eigenmächtig hatte er mit Lektoren und Verlagen gesprochen, bis er jemanden gefunden hatte, der Interesse an Junes Roman hatte. Der kleine, jedoch sehr renommierte Verlag hatte sich für das Projekt entschieden, falls June diesen Schritt wagen wollte.

„Was sagst du?"

Angesichts ihrer feuchten Augen befürchtete er schon, einen Fehler gemacht zu haben, doch dann lächelte sie ihm zu, setzte den schlafenden Welpen neben sich ab und erhob sich, um auf seinen Schoß zu klettern.

„Dir gefällt das Buch also wirklich?"

„Ich liebe es", bestätigte er mit rauer Stimme. „Es ist großartig."

„Wyatt." Ihr schien die Stimme zu versagen. „Du bist ... du bist wunderbar. Danke."

„Nichts zu danken." Amüsiert rieb er sein Gesicht an ihrem und brummte: „Du musst mir nur einen Gefallen tun."

„Der da wäre?"

„Schreib einen fünften Roman und lass Bella und Kapitän Douglas endlich heiraten. Die beiden tun mir schon richtig leid.“

„Küss mich, du Vollidiot“ – erscheint am 3. Oktober 2014

Blake O’Neill ist ein Rüpel, ein Macho, ein widerlicher Kerl ... ein Footballspieler! Madison kann ihren Abscheu gegen ihn gar nicht in Worte fassen und versteht nicht, warum der Schwachkopf kein Nein von ihr akzeptiert. Seit er sie vor den Augen unzähliger Menschen zu Tode blamiert hat, wird sie ihn einfach nicht mehr los und fährt schwere Geschütze auf, um ihm klarzumachen, dass sie kein Interesse an einem oberflächlichen, großkotzigen und selbstherrlichen Typen wie ihm hat. Außerdem hat sie ganz andere Sorgen, als ihre Zeit damit zu verschwenden, seinen Flirtversuchen aus dem Weg zu gehen. Selbst als sie erkennt, was hinter seiner Fassade steckt, und sich ein Funke Mitleid in ihr regt, ändert das nicht ihre Meinung über ihn. Oder doch?

Danksagung

Ich möchte meiner Figur Wyatt für die absolute Geduld danken, die er mit mir hatte. Zwischendurch war es wirklich nicht leicht, aber schlussendlich hat er bewiesen, wie weit man mit Durchhaltevermögen kommen kann.

P.S. Zwar ist Junes Agentin in der Geschichte nicht besonders gut weggekommen, doch das gilt nicht für meine Agentur. Georg, Lisa und Caterina, ihr seid der Wahnsinn!

Von Poppy J. Anderson sind weitere Romane auf Amazon veröffentlicht worden:

Hailsboro-Reihe

„Beim zweiten Mal küsst es sich besser“ (Band 1)

Eigentlich hatte Kate vorgehabt, sich in der osttexanischen Kleinstadt, in der sie aufgewachsen ist, von dem Schock zu erholen, ihren Verlobten nackt auf ihrer Couch mit der gemeinsamen Nachbarin erwischt zu haben, und etwas Abstand zwischen sich und das Großstadtchaos von Los Angeles zu bringen. Dass ihre Großmutter die besten Kuchen der Welt backt, ist da nur von Vorteil, schließlich wünscht sich Kate, etwas bemuttert und umsorgt zu werden. Unglücklicherweise findet sie sich prompt im Kleinstadttratsch wieder, da ihr ein Flirt mit dem Highschoolfootballtrainer Hugh unterstellt wird! Ausgerechnet mit Hugh, ihrem ehemals besten Freund, der das Privileg besessen hatte, ihr nicht nur den ersten Kuss zu geben, sondern auch andere erste Male mit ihr zu erleben. Doch mit der ersten Liebe ist es wie mit einem Kuchenrezept. Manchmal klappt es beim ersten Anlauf nicht, doch dafür schmeckt der zweite Versuch köstlich.

„Nachträglich ins Glück“ (Band 2)

Sam Richards liebt ihren Beruf und geht darin auf, sich als Kinderärztin um ihre kleinen Patienten zu kümmern. Dass ihr Privatleben darunter leidet, macht ihr nichts aus, da sie es vorzieht, allein zu bleiben. Jeder trifft einmal im Leben seine große Liebe – auch Sam durfte dies erleben und wurde so tief verletzt, dass sie sich nicht vorstellen kann, dies noch einmal durchmachen zu müssen. Sie ist vollauf zufrieden, eine neue Stelle im osttexanischen Hailsboro angenommen zu haben und das Kleinstadtleben zu genießen. Doch plötzlich trifft sie auf Drew und macht eine Entdeckung, die ihr ganzes Leben auf den Kopf stellt.

New York Titans-Reihe

„Verliebt in der Nachspielzeit“ (Band 1)

erschienen im Juli 2013

Hanna Dubois kann es nicht glauben! Ihre erste Woche in New York City hält einige Überraschungen für sie bereit: Sie bekommt das heiß ersehnte Stipendium, wird in einen Autounfall, den Paparazzi verursacht haben, verwickelt und lernt dabei John kennen - das Bild von einem Mann. Sie verliebt sich Hals über Kopf in den berühmten ehemaligen Quarterback, dessen Schritte ständig von Pressevertretern überwacht werden. Eine wahre Hetzjagd auf Hanna beginnt, an der die Beziehung der beiden zu zerbrechen droht ...

Seitenzahl: 393

„Touchdown fürs Glück“ (Band 2)

Julian Scott ist der talentierte und neue Footballspieler der New York Titans, dessen Leben nicht schöner sein könnte. Er ist auf dem Höhepunkt seiner Footballkarriere, die Frauen laufen ihm scharenweise hinterher und finanziell kann er auch nicht klagen.
Liv Gallagher ist die erfolgreiche und angesehene Architektin einer New Yorker Agentur, deren Leben strikt geordnet ist. Sie lebt für ihren Beruf, macht sich wenig aus den Männern, die ihr nachschauen, und konzentriert sich lieber auf ihre Karriere.
Julian und Liv sind grundverschieden und doch waren sie früher ein glückliches Ehepaar. In New York treffen sie zufällig aufeinander und müssen feststellen, dass immer noch die Funken fliegen, wenn sie sich sehen ... wäre da nicht ein dunkles Geheimnis aus ihrer Vergangenheit.

Seitenzahl: 454

„Make Love und spiel Football" (Band 3)

Der Footballgott muss sich mit den New York Titans wohl einen Witz erlaubt haben, als er die Tochter des verstorbenen Teambesitzers zur neuen Chefin ernannt hat! Das glaubt jedenfalls Brian Palmer, Quarterback und Kapitän der Titans, als sich die skandalbehaftete Teddy MacLachlan mit Hippiekleidung, Bauchnabelpiercing und Flipflops dem Team vorstellt. Frauen können in der Welt des Footballs nicht bestehen, vor allem nicht wenn sie auf Räucherstäbchen und Meditationen abfahren. Football bedeutet Krieg, da haben Frauen nichts zu suchen – Brian hat keine Skrupel, das seiner neuen Chefin ins Gesicht zu sagen, doch die bricht wider Erwarten nicht in Tränen aus, sondern grinst ihn frech an. Anders als der Rest der Frauenwelt, die sich dem heißen Quarterback an den Hals wirft, legt sich Teddy mit ihm an und schlägt ihn mit den eigenen Waffen.

Seitenzahl: 393

„Verbotene Küsse in der Halbzeit“ (Band 4)

Erin Hamilton hat klare Zielvorstellungen vor Augen und weiß, wohin ihr Weg gehen wird ... wären da nicht ständig Komplikationen, die ihr das Leben erschweren. Zum einen gibt es da ihre jüngere Schwester, deren überdimensionale Hochzeit jeden vernünftigen Rahmen zu sprengen droht, dann treibt ihre sexuell orientierungslose Mitbewohnerin sie beinahe in den Wahnsinn und Geldsorgen hat Erin auch noch. Zu allem Überfluss muss sie mit dem verantwortungslosen und arroganten Tom Peacock klarkommen, der sie als Kindermädchen für seine vierjährige Tochter engagiert, damit er sich nicht selbst um die Kleine kümmern muss. Der berühmte Footballspieler ist es gewöhnt, seinen Willen durchzusetzen und das zu bekommen, was er haben will. Doch bei Erin beißt er auf Granit, denn sie ist alles andere als beeindruckt von ihm und zeigt dies deutlich. Sie zwingt ihn dazu, Zeit mit seiner süßen Tochter zu verbringen. Ob Tom gegen so viel Weiblichkeit um ihn herum eine Chance hat?
Seitenzahl: 394

„Knallharte Schale – zuckersüßer Kerl (Band 5)

Dupree Williams ist ein knallharter Footballspieler, der bei seinen Gegnern Angst und Schrecken auslöst. Nicht umsonst gilt er als "menschlicher Bulldozer". Doch niemand kann sich vorstellen, dass Dupree unter extremer Schüchternheit leidet und nicht weiß, wie er mit Frauen sprechen soll. Zu sehr nagt ein Erlebnis aus seiner Collegezeit an ihm. Meistens kaschiert er seine Unsicherheit mit einer großmäuligen Art und gerät prompt an Sarah, die ihm mit einem gezielten Tritt zu verstehen gibt, dass sie arrogante, großmäulige und aufdringliche Typen nicht leiden kann. Der Spaß fängt erst an, als Sarah einen Bericht über Dupree schreiben soll, da er das Aushängeschild der New Yorker Brustkrebshilfe ist, für die sie arbeitet. Zwar mag Sarah keine arroganten, großmäuligen und aufdringlichen Typen, aber das ist Dupree ja auch eigentlich gar nicht ...

Seitenzahl: 342

„Kein Mann für die Ersatzbank" (Band 6)

Bobby O'Connor ist alles, was man sein muss, um erfolgreicher Sportagent zu sein - Kumpeltyp, großmäulig, blitzgescheit und extrem tough! Nur ist Bobby O'Connor kein Typ, sondern eine Frau. Eine Frau, die sich problemlos in dieser Männerdomäne durchsetzt und sogar mit verknallten Footballspielern umgehen kann. Jack Armstrong lernt die coole Sportagentin kennen und wird sehr schnell ihr bester Kumpel. Wenn er mit ihr zusammen ist, vergisst er manchmal sogar, dass sie eine Frau ist. Doch plötzlich kann er gar nicht anders, als daran zu denken, dass sie eine Frau ist - eine süße und extrem anziehende Frau ...

Seitenzahl: 216

„Unverhofft verliebt“ (Band 7)

Mit den Männern klappt es einfach nicht! Frustriert muss Claire erkennen, dass sie nicht der Typ Frau ist, den Männer heiraten wollen. Schön und gut ... sie haben nichts gegen einen Flirt mit der umwerfenden Rothaarigen einzuwenden und sind auch ganz sicher nicht abgeneigt, ihr das Kleid vom kurvenreichen Körper zu schälen, aber eine langfristige Beziehung scheint in weiter Ferne zu liegen. Doch Claire hat die Nase voll davon, nach Mr. Perfect zu suchen, und beschließt, auch ohne einen Mann an ihrer Seite das Glück zu finden und ein Baby zu bekommen. Wozu gibt es schließlich Samenbanken? Wenn sich Frauen mit Kreditkarten Schuhe und Taschen kaufen können, dann sollte es doch auch möglich sein, diese für den Kinderwunsch zu benutzen! Ihr Entschluss steht fest, doch dann hat ein One-Night-Stand mit dem wortkargen Grant Folgen, die den Einsatz der Kreditkarte unnötig machen ...

Seitenzahl: 307

„Auszeit für die Liebe“ (Band 8)

Sieg auf der ganzen Linie! Quinn Atherton hat alles, was ein Mann braucht, um ein verdammt cooler Typ zu sein. Zum einen lebt er den Traum eines jeden Amerikaners – er ist Profi-Footballspieler und kassiert Millionen dafür, dass er mit einem Lederball unter dem Arm über ein Spielfeld rennen darf, während ihm Tausende von begeisterten Zuschauern zujubeln. Zum anderen umschwärmen ihn heiße Groupies, die schneller ihre BHs öffnen können, als er das Wort Touchdown überhaupt über die Lippen bringen kann. Doch Quinn hat ein Problem. Er hat nämlich keine Lust, sich die Zeit mit Groupies zu vertreiben, sondern will seine Frau zurück - seine entzückende und streitlustige Frau Bryce, die ihn vor die Tür gesetzt und die Scheidung eingereicht hat. Eigentlich hat er keine Probleme, das weibliche Geschlecht um den Finger zu wickeln, doch Bryce stellt die Ohren auf Durchzug und ignoriert seine Entschuldigungen rigoros. Aber die Liebe ist wie ein Footballspiel. Wenn man eine Chance sieht, zögert man nicht lange und rennt einfach los.

„Hände weg vom Quarterback“ (Band 9)

Mitch Cahill war ein grandioser Quarterback und gefeierter Footballgott, der alles besaß, was er sich nur hätte wünschen können. Doch einige Auswärtsspiele, Groupies und eine Knieverletzung später ist er geschieden und muss sich vom Profifootball sowie von den New York Titans verabschieden. Letzteres macht ihm nichts aus, aber die Trennung von seiner Exfrau hat er auch nach vier Jahren kaum verwunden und tut sich schwer damit, wieder eine Beziehung einzugehen. Dank eines Postens als Geschäftsführer in seinem alten Verein ist er jedoch so abgelenkt, dass sein Liebesleben kaum von Belang für ihn ist. Vor allem als er bei der Arbeit mit Avery Lancaster aneinandergerät, schweifen seine Gedanken immer wieder zu der herrischen und unbeschreiblich hübschen Frau ab, die ihn bei ihrer ersten Begegnung einen abgehalfterten Ex-Footballspieler genannt hat. Es widerstrebt ihm aus tiefstem Herzen, mit dieser Furie zusammenzuarbeiten, doch es bleibt ihm nichts anderes übrig. Sobald Mitch erkennt, wie sie wirklich ist, und er ihre weiche Seite entdeckt, ist er hin und weg. Aber schafft er es auch, Averys Vertrauen zu gewinnen?

Seitenzahl: 355

Fitzpatrick-Reihe

„Brandheiße Küsse“ (Band 1)

Als Heath Fitzpatrick urplötzlich die Verlobung löst, bricht für Hayden eine Welt zusammen, immerhin liebt sie ihn, seit sie denken kann. Verzweifelt muss sie erkennen, dass er es mit der Trennung ernst meint, und bemüht sich darum, sich mit der neuen Situation zu arrangieren. Doch das ist gar nicht so leicht, schließlich ist Heaths Familie auch Teil ihres Lebens, die sich nicht davor scheut, sich ständig in alles einzumischen.

Außerdem benimmt sich Heath nicht wie ein Mann, der keine Gefühle mehr für die Frau hegt, die er sein ganzes Leben lang geliebt hat. Auf diese Weise kann Hayden ihren Ex-Verlobten nicht aus ihren Gedanken vertreiben und aus ihren Gefühlen sowieso nicht, schließlich sind die Fitzpatricks dafür bekannt, dass man sie so leicht nicht loswird.

Seitenzahl: 250

Impressum

Poppy J. Anderson
c/o copywrite Literaturagentur
Georg Simader
Woogstr. 43
60431 Frankfurt

Es werden grundsätzlich keine Pakete angenommen!

4252453R00130

Printed in Germany
by Amazon Distribution
GmbH, Leipzig